淫獣
～媚薬を宿す人魚～

中原一也

Splush文庫

contents

プロローグ

青白い月の光が、夜に降り注いでいた。

美しく、幻想的ではあるが、誰もが心惹(こころひ)かれるわけではない。身を隠(かく)している者にとって、それは危険を大きくするものでしかなかった。頼むから雲の向こうに隠れていてくれと、恨(うら)めしく願うだけだ。

森の中は静まり返っていて、時折、鳥や虫の声が聞こえてくる。息を殺し、気配を殺し、自分を捜(さが)す者たちが今どこにいるのか、神経を張り巡らせた。心音すら、己(おのれ)の居場所を相手に知らせてしまうように思えてならない。

風が、木々を軽く撫(な)でた。

その時、静寂(せいじゃく)を掻(か)き回す声が聞こえてくる。

「早く捜せ！　絶対に逃がすんじゃねぇぞ！」

男の怒号(どごう)。青年は、身をより小さく縮こまらせて草むらの中に隠れた。

鼓動(こどう)。

速く打ちつける。

声と足音は近づいてきて、少し先で止まった。

「せっかくの上玉だってのに、へましやがって！」

「す、すんません！　いきなり苦しみ出して口から泡ぁ吹いたもんで」

「そんなもん演技に決まってんだろう！　見てくれに騙されるなって言っただろうが。奴には何度も逃げられてんだよ！　もしかして、たらし込まれたんじゃないのか！」

「いや、でもあれは演技には……」

「なんだと？」

「それにですよ、死んじまったらそれこそ……、――うう……っ！」

パン、と乾いた音がし、何か重いものが地面に倒れる音がした。それきり、言い訳は聞こえなくなる。

「おい、こいつを始末しとけ」

冷酷な声に、この男にだけは絶対に捕まってはいけないと強く思った。自分を追っている者たちが、どれほど欲深い悪党なのかは知っている。

青年は、隠れている場所からそっと男たちのほうを覗いた。死んでいる男を除けば、追っ手は全部で五人。その中でとりわけ目を引くのが、銃を持った男だ。

仲介屋を生業とする者で、狩りをする者。仲介屋は一人で仕事をする時もあるが、あんなふうに誰かを雇って仕事をする時もある。

その仲介屋には、左の揉み上げから顎にかけて大きな傷があった。皮膚が引き攣っていて、その顔は歪（ゆが）んで見えた。だが、傷だけのせいではない。歪んでいるのは、中身もだ。それが、表情に表れている。

心臓が大きく跳ねていた。

捕まれば今度こそ終わりだ。二度と、外の空気を吸うことなどできなくなる。死んだほうがマシだと思うような日々に放り込まれる。

「おい、何か物音がしなかったか？」

ギクリとした。

今動けば、確実に自分の居場所を知らせることになるだろう。けれども、ここでただ怯（おび）えているばかりでは、いずれ捕まってしまう。

青年は足元に転がっている石を拾い、遠くに投げた。

「あっちか？」

「捜せ！」

足音がそちらに向かう。一人出遅れた男を見つけ、背後に忍び寄った。気配に気づいた男は振り返るが、その時すでに青年は行動に移っている。

「――っ！　……ぅう……っ、……っぐ、……っ」

首に腕を回して一気に締め上げた。落とすコツは、知っている。

男が完全に気を失うと地面に寝かせ、躰（からだ）をまさぐった。銃か何か持っているかと期待したが、それは空振りに終わる。完全に裏目に出た。

「……くそ」

何もないとわかると、すぐさまその場を離れようとしたが、一人いないことに気づいたのだろう。男たちが戻ってくる足音が聞こえた。

「びびってんじゃねぇぞ。この辺りにいるはずだ。必ず捜せ！」

再び身を隠す。

その時、風向きが変わり潮の匂いがした。運が回ってきた。飛び出す。

「いたぞ！　あっちだ！　ぼけっとしてねぇで、追え！」

走り、潮の匂いがするほうに向かった。簡単には撃てないはずだ。走っている人間に自分も走りながら当てるなんて、そうそうできない。撃つにしても、もう少し近づいてからだろう。

波の音が聞こえてきた。近い。

青年は森を抜けて道路に下りた。車通りはなく、通り沿いに走った。岬が見える。あそこまで行けば、こっちのものだ。

「追え！」

迫りくる追っ手との距離を測りながら、岬に入った。

海だ。

眼前に広がる海原。夜の海は黒々としている。

その先に立って下を見ると、白い波が立っていて、荒々しい自然を感じた。渦を巻くように荒れる波は、落ちてくる者を呑み込もうと待ち構えているようにすら見える。

追いつめられた形になっているが、青年の顔には笑みさえ浮かんでいた。逆に追っ手の顔に、焦りの色が浮かんでいる。

顔に傷のある男が、銃を構えた。

「動くな」

「動くなだって？」

ジリ、と後退りしながら、青年は言った。

この高さから飛び込めば、死ぬ。普通の人間なら……。

「この俺を誰だと思ってんだよ？」

青年はニヤリと笑うと、海に身を投げた。

1

いい夜だった。

空には大きな満月。店内には有線から流れる音楽と人々の話し声。

客の入りはいつもどおりで、がやがやとうるさくもなく、閑散ともしていない。適度に席が埋まっていて、酒を飲みながらゆっくりと食事を楽しむには丁度いい。

赤尾啓司は、カウンターの中に立っていた。

ビストロ『傳』。

赤尾は、この店のマスターだ。歳は三十六。

百八十を優に超える長身の躰に、褐色の肌。沖縄出身かとよく聞かれるのは、目鼻立ちがはっきりしていることに加え、潜るのが得意だからだろう。肩幅があり、胸板も厚く、逆三角形の躰をしており、店の女性客に「触らせて」と時々言われる。格闘技をしていたのかと聞かれることもあるが、こちらも違った。

今は店をやりながら、趣味でダイビングをしたりする。インストラクターの資格を持っているため、知り合いに頼まれて助っ人としてダイビングを教えることもあるが、一人で潜るほうが好きだ。

学生の頃は、普段は大学とアルバイト先を行き来する毎日で、長い休みになると、貯めた金でバックパッカーとして海外を旅して回った。丸一日歩くなんて当たり前で、鍛えずとも自然に割れた腹筋や引き締まった尻ができあがったというわけだ。

卒業とともに就職したものの、組織の中で働くことに馴染めず、自分でもかなり無謀だと思ったが、商売をすることにした。親戚が洋食店をしており、子供の頃からよく料理を教わっていたため、飲食店を選ぶのは自然の流れだった。

店が安定するまでは苦労の連続で、今も勉強の日々だが充実している。

海に近い、国道沿いのこの場所に店を持って五年──。

順調すぎるほど順調に、人生は進んでいる。

「マスター、鶏のクリーム煮追加お願いしま～す」

テーブル席の女性に呼ばれ、赤尾はそちらに目を遣った。三人連れの美人は、月一のペースでここにやってくる。

「はい、鶏のクリーム煮ね。飲み物の追加はどうします？」

「じゃあ、ワインもう一杯ずつ。同じ銘柄のやつで」

テーブル席からグラスを引き取ると、新しいグラスにワインを注いで運んだ。そしてカウンターに戻り、フライパンを火にかけて材料を冷蔵庫の中から取り出す。

ジャッ、とフライパンがいい音を立てた。

キノコ類と一口大に切った鶏肉を香ばしく焼き、そこに白ワインとブイヨンを入れて一煮立ちさせる。隠し味はホタテで取った出汁で、これを入れるのと入れないのとでは雲泥の差が出る。

ワインのアルコールが飛ぶのを待ち、生クリームを入れて軽く一煮立ちさせて完成だ。器に盛り、ルッコラで飾る。

「お待たせしました。鶏のクリーム煮です」

フランスパンとともにテーブル席に持っていくと、女性客が顔をほころばせて皿の中を覗いた。

「美味しそう〜。マスターのクリーム煮、いつも楽しみにしてるんだ〜」

「ソース美味しいよね。毎日でも食べたい」

「今日も美味しいよ」

そう言って、再びカウンターの中へと戻る。客が嬉しそうに自分の作った料理を食べる姿を見るのは、いいものだ。

引き取ったグラスを洗っていると、ドアのカウベルが鳴った。

「いらっしゃい……ま……せ……」

入ってきたのは、一人の青年だった。歳は二十六、七だろうか。

言葉がちゃんと出なかったのは、思わず目を瞠ってしまったからだ。

全身ずぶ濡（ぬ）れで、髪の先から水が滴（したた）り落ちている。潮の香りをまとい、体温の低そうな白い肌は水のヴェールに包まれてぬらりと光っている。まるで深海の闇を連れてきたようだ。床を濡らしながら中に入ってくる青年は、どこか人ならぬ者のような妖（あや）しげな雰囲気を漂わせていた。

店内の客たちの注目を集めているのは、単に雨も降っていないのにずぶ濡れで現れたからではない。視線を惹きつけるほどのものを、持っているからだ。男に美しいという言葉を使うべきか迷うところだが、他に言葉が見つからない。けれども、女っぽいという感じはしなかった。

細身の躰。肌の色も髪の色も薄く、何より視線が意味深で心を吸い寄せられる。切れ長の目はどこか誘っているようで、だが拒絶しているようでもあった。

人魚だ。

咄嗟にそう思った。美貌で男を誑かし、海に引き摺り込むという妖艶な伝説上の生き物が海から上がってきたのだと……。

なぜそんな発想になったのかは自分でもわからない。

青年は、カウンター席に座った。注文するでもなく、そこにいる。水を出すと口をつけるが、メニューすら見ようとしない。

近くで見ると、瞳の色も薄いのがわかった。色白だが病的な白さでもなく、乳白色の肌は性的な興味がなくとも、触れてみたいと思わせるものがある。

常連の女性客が、青年を気にしているのがわかった。

しばらく視界の隅に捉えながら仕事をしていたが、客たちがあまりにもその動向に注目しているため、ここは自分が声をかけねばと意を決する。奥に行ってタオルを取ってくると、それを差し出しながら言う。

「お客さん。ご注文は？」

赤尾がそう聞くと、カウンターの一点だけを見ていた青年はゆっくりと顔を上げた。目が合うと、心臓をギュッと摑まれたような気分になる。

強い視線。

思わず息を呑んだ。目を逸らそうにも、逸らせない。まるで魔物にでも魅入られたかのように、身動きが取れなくなるのだ。

青年はタオルを受け取ってからメニューを手に取り、ざっと目を通すと静かに言う。

「じゃあ、ペスカトーレ」

「ペスカトーレね。飲み物は？」

「ジンジャーエール」

「承知しました」

赤尾は材料を冷蔵庫から出してパスタを茹で始めると、すぐさまソース作りに取りかかった。

オリーブオイルとニンニクのみじん切りを入れてからフライパンを温め、焦がさないよう香りを出してからアサリを投入して白ワインを入れる。アサリが開くとそれをボウルに取り出し、煮汁を煮詰めてからこちらもボウルに取り出した。

その間もカウンターの青年のことが気になり、時々視線を遣る。相変わらず、店内の客の視線を集めながら黙って座っていた。

（事情持ちか……？）

厄介ごとを運び込まれるのは勘弁といったところだが、今の段階で判断することはできず、料理を続ける。

イカなどの魚介類を炒め、完全に火が通る前にアサリと煮汁を戻して、仕込んでおいたトマトソースを入れた。ソースが完成すると同時に、パスタが茹で上がる。火をとめ、フライパンの中でさっと和えた。ゆで汁で塩分を調整して刻んだイタリアンパセリをたっぷり入れればできあがりだ。

「お待たせしました」

カウンターに置くと、青年は「いただきます」と言ってから、真っ先にイカにフォークを突き刺して頬張った。よほど腹が減っていたのか、次々と口に入れていく。

（具から喰うのか……）

客の食べ方にいちいち口を出すつもりはないが、決して行儀（ぎょうぎ）がいいとは言えない食べ方に呆れた。あの妖しげな雰囲気はどこへと思うほど、まるで飢（う）えた獣（けもの）のようにガツガツとパスタを胃に収めていく。

皿は、あっという間に空になった。

「ごちそうさま。すごく美味しかった。もっとイカないです？」

「イカだけのメニューってのはないですね」

「ふ～ん、じゃあ、イカがいっぱい入ってるのって？」

「シーフードサラダもありますけど、今喰ったのと同じくらいですよ。うちはイカ専門店じゃないですから」

「そっか」

青年は少し迷った素振（そぶ）りを見せてから、皿とグラスを差し出してこう続けた。「じゃあ、おかわり」

（そんなにイカが好きなのか……）

店に入ってきた時の印象を完全に覆（くつがえ）すような食べっぷりにむしろ好感を覚えた赤尾は、イカを多めに入れてもう一皿ペスカトーレを作ってやった。すると、出されたパスタの上に載（の）る大盛りのイカを見た青年は、目を輝かせてフォークを手に取る。

他の客からの注文を捌（さば）きつつ時々青年のほうを見ると、二皿目もペロリと平らげ、満足そうにしていた。だが、青年の食欲はそれだけでは収まらない。

二皿目を食べたあと、シーフードサラダとウーロン茶を注文し、さらにハーフサイズのパエリアまで要求する。

一時間ほど食べていただろうか。旺盛な食欲を披露したあと、満足げに目を閉じて腹の上を手でさすっていた。

「料理の味はどうでした？」

「最高。生き返った」

「そりゃ光栄です。しかし、よく喰いますね。食費大変でしょう？」

皿を下げると、青年はじっと見上げてきた。

「食費？」

「うちはこれでも良心的な価格設定してるつもりだが、お一人さんにしちゃあ結構な金額になりますよ」

「ああ、そっか」

何やら様子がおかしく、赤尾は不審に思って青年の様子をじっと観察した。すると、何やらばつが悪そうにしている。

「えーっと……実は今思い出したんだけど……その……金が……」

そう言って、苦笑いしながら自分のジーンズのポケットの裏地を出してみせた。見事に空っぽだ。

「金がないだと？」

「財布落としたみたいで」

確かに、全身ずぶ濡れで何か事情を抱えていそうだとは思っていた。けれども、まさかあれだけ食べて一銭も持っていないなんて考えてもいなかった。

しかも、今財布を落としたことに気づいたわけではないらしい。

わかっていて、あとはなんとかなるとばかりに、思いきり食べたようだ。

「喰い逃げする気か？」

「まさか」

はは、と笑っているが、そんな顔をしても無駄だ。とんでもない奴だと呆れ、腕組みをしたまま見下ろしてやる。この体格だ。こうして凄むとかなりの威圧感だと自分でもわかっている。海に遊びに来た帰りに店に立ち寄り、酔った勢いで騒ぎまくる調子に乗った若造を何度こうして撃退しただろうか。

「俺の店でただ喰いとは、いい度胸だな」

「逃げるなら黙って逃げてますよ」

「それもそうだ。……ってな！」

「だから、本当に喰い逃げなんてするつもりはなかったんですって」

赤尾は、考えた。このまま警察に突き出してもいいが、正直言うと面倒だ。突き出したところで、食べたぶんの代金をちゃんと返してもらえるとは限らない。

店内の客たちが、コトの成り行きを黙って見守っている。

「わかった。それなら躰で払え」

「え……」

青年の目に、警戒の色が浮かんだ。何を誤解しているのかと思い、図々しい奴だと声を荒らげる。

「労働だ労働！　喰ったぶん働いてもらうぞ！」

「躰って……そっちの意味？」

「他にどんな意味があるってんだ？　あ？」

凄むと、一瞬驚いたような顔をしたあと、青年は片目だけ細めるようにして口元に笑みを浮かべた。

その笑顔が、よかった。

思わず顔が赤くなり、それを誤魔化すために乱暴な行動に出てしまう。客がいるにもかかわらず、赤尾はまるで野良猫でもとっ捕まえるように青年のシャツの襟首を掴んで立たせた。

「まず、床を拭け。ずぶ濡れで来やがって……客なら仕方ねぇが、客じゃねぇんなら自分で綺麗にしろ。椅子もちゃんと拭いとけよ。そのあとは皿洗いだ。自分の喰った皿とたまってる洗い物から……」

その時、ふといい匂いが鼻を掠めた。

香水やオードトワレのような強い匂いではない。もっと優しく、微かな香りだ。子供の頃、法事で経を上げに来た坊主が漂わせていた匂いと少し似ている。そう表現するとどこか辛気臭くなるが、香木のような香りには気品すら感じた。

おそらく、香水のような強い匂いに慣れた嗅覚では摑めないだろう。

「何？」

怪訝そうな顔をする青年にハッとなり、喰い逃げするつもりだったかもしれない相手だぞと自分に言い聞かせる。

見てくれに騙されるならまだしも、匂いに惑わされるなんてどうかしている。

「とにかく、働いて払え！」

「わかりました。食べたぶん、しっかり働きます」

「そ、その前にシャワー浴びて着替えろ。そんな汚ぇ格好で店ん中うろつかれると料理がまずくなる。それから、名前は？」

「久白眞人」

「久白か。さぁ、久白。たっぷり働いてもらうぞ」

バスルームと着替えのある場所を教えて、久白を追い払うようにそこへ向かわせた。

一部始終を見ていた常連客が、興味深げに声をかけてくる。

「マスター、甘いね～。財布持ってない男を店で働かせるの？」

「甘いと思ってんのが甘ぃ。喰った以上にこき使ってやる。世の中甘くないことを思い知らせてやるぞ」

半ば自分に言い聞かせるようにつぶやき、久白の消えたドアをじっと眺めた。もう匂いはしないというのに、記憶に刻まれたそれが赤尾に何かを訴えている気がする。

（いい匂いのする男か……）

あの笑みといい妙に雰囲気のあるところといい、不思議な奴だ。そして、働いて払えとは言ったものの、役に立つのだろうかと不安になる。あの細い躰で、どこまで働けるだろうか。

無銭飲食されたうえに、役立たずなんて踏んだり蹴ったりだ。

昔から後先考えないところはあったが、もう少し考えて行動するべきだったかと反省した。

久白はタフだった。

赤尾の心配をよそに、金も持たずに店で派手に飲み喰いした久白は、食べたぶん以上に働いた。細いが力があり、ビールサーバーも軽々運んでみせる。へとへとになるまでこき使ってやろうと思っていたが、いくら働かせても平気な顔で動き回るのだ。

体力には自信がある赤尾だが、自分でもさすがにへたばるだろうと思うくらい働かせても、涼(すず)しい顔をしている。そんなだから、ついきつい仕事を言い渡してしまうのだが、それでも少しも苦になっていないらしい。

どこが人魚だ……、と、乙女チックとも言える印象を抱(いだ)いた自分が、今さらながらに恥ずかしくなってくる。

「マスター、これどこ置けばいいですか？」

「その隅に積んでくれ」

「了解」

赤尾は注文のハイボールを作りながら、てきぱきと働く背中をじっと眺めていた。

この見てくれだ。久白が接客すると、女性は嬉しそうにする。やはり自分のような男臭いおっさんよりも、若く見てくれのいい美形のほうがいいのだなと、世の常を直視させられた気がした。

しかも、心なしか女性客からの注文が多い。ワインのお代わりやデザートなど、いつも以上に出ている。喜ばしいことだが、これまでの自分の努力はなんだったんだと、持たざる者の哀愁（あいしゅう）を漂わせてしまうのだ。

「ほら、これ持ってけ。三番テーブルだ。戻ってくる時に空いた皿やグラスがあったら、ちゃんと持ってこいよ。他のテーブルのもだ」

「わかりました、マスター」

久白は軽く口元を緩（ゆる）め、料理の皿を両手に持って女性客が四人座っている三番テーブルに向かう。自分の仕事の手は休めず、久白がどんな接客をするのか耳をそちらに集中させた。失礼があってはいけない。

「お待たせしました。鶏のトマトソース煮込みです」

久白が皿を中央に置くと、「美味しそう～」という声があがった。何度聞いても、嬉しい反応だ。その中の一人が、久白に話しかける。

「新しいバイトの人？　前はマスターだけでしたよね？」

「いえ。ここで飯喰ったんですけど、金持ってなかったんで、躰で払ってます」

「うっそー。何それ」

「ねぇねぇ、なんでお金持ってなかったの？」

「まぁ、色々と事情が」

「ワケアリなんだ〜。ちょっと興味ある〜」

四人組の彼女たちは、声をあげて笑った。

「ここのトマトソース、すごく美味しいですよね。金ないのにお代わりしたくらい」

「お代わりしちゃったんだ？　あははは。大胆。でもそんなに美味しいんだ？」

「冷めないうちにどうぞ」

彼女たちの関心を自分から料理に向けてから、久白はテーブル席から戻ってくる。接客も上手い。懸念していたようなことは、何もなかった。むしろ社交的で、接客は申し分ないと言っていいだろう。

閉店までの四時間、赤尾は久白を散々こき使ってやった。

パスタ二皿とハーフサイズのパエリア、シーフードサラダとソフトドリンク三杯ぶんの働きはしたと言っていいだろう。むしろ、それ以上かもしれない。

店が終わってからもその働きぶりはよく、何も言われずともテーブルを拭いて回ったりと、率先して後片づけを始める。こういうちょっとしたところから、使える人間かどうかというのが見えてくるものだ。言われたことだけでなく、自分で考えて動く。簡単そうでできない人間も多い。

(優秀じゃねぇか)

気の利く若者を快く思い、時計を見る。

久白が店に来たのは、午後七時頃。夕飯にしては早めで、しかもあれだけ動き回ったのだ。そろそろ腹も減ってきただろうと声をかける。

「おい、そろそろ片づけはいいぞ。飯喰うか？」

「あー……、金ないのに？」

「まかないだ。金は取らねぇよ」

「じゃあ食べます」

遠慮（えんりょ）なく即答する久白を見て、素直な奴だと思わず笑う。

「何がいい？」

「イカ」

「それしかねぇのか」

「シーフードピザ美味しそうだったから」

「じゃあ、ピザ作ってやる。旨（うま）いぞ」

生地から作る『傳』のピザは、自家製トマトソースを生かしたマルゲリータや魚介をふんだんに使ったシーフードが人気で、今日も多くの注文が入った。仕込んでいた生地も、あと二枚分しかない。

「イカたっぷりめで」

「贅沢（ぜいたく）な奴だな」

ちゃっかり要望を口にするところが、憎めない。

生地を広げ、自慢のトマトソースを塗ってからチーズや魚介類を載せる。その要望どおり、イカはたっぷりと。毎朝近くの市場に行き、自分の目で確かめて買う魚介類は、生で食べていいほど新鮮だ。料理の腕だけでなく、目利きに関してもかなり勉強した。

「ビールでも飲むか？」

「いいです。俺、アルコール駄目なんで」

「下戸か」

「そ、下戸」

「俺は飲むぞ。お前好きなの飲め。冷蔵庫に色々入ってるから」

「赤尾さん、気前いいね」

ピザをオーブンに入れたあと、サラダの準備をした。イカをたっぷりと載せたシーフードサラダ。さらに、余った魚介類をバターソテーにした。

バターと魚介のいい香りが漂い始め、オーブンの中からも香ばしい匂いがしてくる。

準備ができると、店の隅の席に料理を運んだ。向かい合って座る。

「いただきま〜す」

顔の前で手を合わせる久白を見て、赤尾も続いた。自分の料理をこうも美味しそうに食べてくれると、嬉しくなってくる。

「なぁ、お前、どうしてあんなにびしょ濡れで現れたんだ？」

なんとなく聞くが、久白は答えなかった。

やはり事情を抱えていそうだ。それならなるべく関わらないようにするのが普通なのだろうが、赤尾はどうしてもこの不思議な青年を放っておけなかった。

もしかしたら、筋者に追われている身かもしれない。そうなると、巻き添えを喰う可能性もある。せっかく店が軌道に乗ってきたというのに、ここで揉めごとの種を拾うなど馬鹿のすることだ。これ以上深入りしないほうがいいのはわかっている。

それでも、赤尾は自分をとめられなかった。

「普段、仕事は何してる？」

その問いに、久白は肩を竦めただけだ。

「行くとこあんのか？」

「なんでです？」

拒絶。

いきなり警戒心を露わにされ、面喰らった。人懐っこいかと思いきや、突然目の前に壁を作られたようだ。

最初に抱いた印象もそうだった。

どこか誘っているようで、拒絶しているような目。一定の距離までは簡単に近づかせるのに、いや、むしろ誘うようですらあったのに、パーソナルスペースを侵されそうになると、途端に拒絶する。

相反(あいはん)する二つの面を持っている青年。それが、久白の存在をどこか神秘的なものに感じさせるのだ。だから、翻弄(ほんろう)される。

「もし仕事探してるんだったら、うちで働かないかと思ってな」

会ってまだ数時間の相手に何を言い出すんだと、自分でも驚いた。しかも、特別な事情を抱えているかもしれない相手だ。

なぜ、自分から足を踏み入れようとしてしまうのか——。

わからないまま、さらに久白を誘う。

「住むところがないんだったら、二階の部屋が空いてる。俺と一つ屋根の下でいいんなら、部屋はタダで貸すぞ」

むさ苦しいおっさんと同居は嫌かと思うが、意外にもその申し出に興味はあるようだ。料理を口に運ぶ手をとめ、じっと見つめてくる。

「事情は聞かねぇよ。知ると面倒臭そうだしな」

「なんでそんなに親切にしてくれるんです?」

「お前がいると、女性客の財布の紐が緩む」

それは本当だった。売り上げを計算せずとも、今日の注文の入り方から明らかだ。

正直に言ったのがよかったのか、久白は破顔(はがん)した。緊張の糸が切れたかのように、今まで感じていた久白の警戒心が消える。

「俺、役に立ちました？」

「ああ。かなりな」

店は順調で、そろそろアルバイトでも雇おうと思っていたところだ。これだけ働いてくれるなら、ありがたい人材と言える。

正直なところ、募集をかけて面接をして人を雇うのは面倒だった。店が繁盛(はんじょう)しているにもかかわらず、ここまで一人でやってきた最大の理由だ。

それもつけ加えると、納得したような顔をする。

「じゃあ、まかないはイカ増量で」

あくまでもイカなのか……、と笑った。そのくらい、お安いご用だ。

「わかったよ。イカ増量だな」

手を伸ばして握手を求めると、久白も素直に応じた。

久白が『傳』で働くようになって、赤尾の生活は変わった。

大きな変化ではないが、誰かと暮らすことがこんなにもいいものだと思うなんて、自分でも信じられない。それは、相手が久白だからかもしれない。

店の二階の部屋を貸しているため、仕込みを始めると久白は必ず下りてくる。食べることが好きらしい。トマトソースを作っていると、味見したそうな顔で手元を覗き込んでくるものだから、おかしくて仕方がない。

食欲も相変わらず旺盛で、あの細い躰のどこに入るのだろうと思うほど、よく食べる。

友人と飲みに行くことはあっても、普段は一人で食事をするのが当たり前になっていた赤尾にとって、誰かとテーブルを囲むのは新鮮で生活に潤いができた。寂しいなどと思ったことはないが、こうして誰かと一緒に生活していると、そのよさをしみじみと感じる。

いつもは適当に済ませる食事も食欲旺盛な獣がいるかと思うと、もう少しだけ手をかけようという気になるのだ。

「あ、イイ匂い」

その日も、料理の仕込みを始めると久白が二階から下りてきた。寝ているのかと思っていたが、すっきりとした顔をしている。何をしていたのか聞くと、海を眺めていたと言う。

他の人間が口にするとキザに聞こえるが、久白がそうしている姿を想像すると絵になる。こんな台詞が似合う男は、そういないだろう。

「俺も手伝いましょうか？　タダで部屋まで貸してもらってるし、役に立たないと」

「料理できんのか？　とりあえずそこで見てろ」

鶏のモモ肉に包丁を入れ、塩胡椒してから小麦粉をまぶしてじっくりと揚げる。きつね色に揚がったモモ肉をバットに入れて油を切るが、それを見て久白がボソリと言った。

「美味しそう」

「これからワインで煮込むんだよ」

「折角カリカリに揚がってるのに、勿体ない。このまま食べたい」

「一本ならいいぞ」

久白は、いいのかとチラリと視線を合わせてきて、舌先で自分の唇を舐めてから手を伸ばす。

「いただきま〜す」

手伝うんじゃなかったのか……、と思いながらも、嬉しそうに鶏肉を頬張る久白は憎めなかった。

こうしていると、餌づけしている気分になる。

子供の頃、家の近くを縄張りにしていた野良猫に餌をやっていたことを思い出した。初めは警戒心が強くてなかなか近づいてこようとしなかったが、餌を与えているうちに少しずつ気を許してくれるようになった。触らせてはくれなかったが、勝手口のたたきにちょこんと座って待つようになり、しまいには鳴いて催促するまでになったのをよく覚えている。

あの猫もふらりとやってきた。だが、ふらりと消えた。突然、姿を見せなくなった。

どこから来たのかわからない野良猫とは、それきりだ。

なぜ、あの時のことを思い出したのだろう。自分の懐になんなく入ってきたこの青年も、あの野良猫と同じように突然目の前から消えそうな気がしたのかも知れない。素性のわからない男だ。その可能性も当然あると考えておくべきだ。

「何？」

「なんでもねぇよ」

鶏肉を揚げ終えると、今度はベーコンをかりかりになるまで炒め、みじん切りのタマネギを加えてじっくりと炒める。飴色になるまで火が通ると、トマトをざく切りにして入れた。次に、ワインとブーケガルニを投入する。水は一切使わない。

あとは、圧力鍋で十五分ほど煮るだけだ。鶏肉はほろほろになり、夜になる頃には味も馴染んで美味しくなっている。

「そっちの味見はしなくていいんですか？」

「あほう。人気メニューでいつも品切れだ。お前のぶんはない」

「がっかり。もっといっぱい作ればいいのに」

「鶏肉にもこだわってるからな。仕入れようとしてもなかなか手に入らないんだよ」

ワイン煮込みが終わると、次はトマトソースに取りかかる。

久白は、隣でずっとその様子を見ていた。切る、剝く、煮る、焼く。どの工程も興味深いようだ。すべての準備が終わるまでの約一時間、ずっと傍にいる。

「よーし、これで終わりだ。そろそろ買い出しに行くか。ついてくるか？」

「配達来てたのに、また何か買いに行くんです？」

「ああ。定番の商品は届けてもらうが、他は自分の足で旨いもんを見つけに行くんだよ」

「へぇ、面白そう。俺も行きます」

そうと決まると、すぐに出かける準備をする。

駐車場に停めてある軽ワゴンに乗り込み、エンジンをかける。すぐさま、久白が助手席に乗り込んできた。窓を開けて海沿いの国道を車で走ると、潮の香りがする。

気持ちよさそうに風を浴びている久白の横顔がやたら眩しいのは、太陽の光を受けてキラキラしている海がその後ろに広がっているからなのか――。

「天気がよくて気持ちいいですね」

「お前、泳げるのか？」

「泳げますよ、一応。赤尾さんは？」

「ダイビングのライセンスは持ってる」

「へ～、だからその体格なんだ？」

逆三角形の躰のことを言っているのだろう。わざと品定めするような流し目を送ってくる久白に、からかうなと指で軽くその額を弾く。

「赤尾さん、モテるでしょ？」

「それはこっちの台詞だ。一人で若い女の視線を集めやがって」

「何言ってんです。赤尾さん目当てのお客さん多いのに。案外鈍感なんだ？」

車で三十分。国道を走っていくと、活気が出てくる。ホームセンターや大型スポーツ店などがあり、飲食店も見えてきた。さらに走り、大通りから一本中に入ると、よく通う酒の専門店があった。酒だけでなくチーズやソーセージなども豊富で、アラカルト用の材料を調達するのにも丁度いい。

駐車場に車を停めてから、店に入っていく。

「こんにちは」

「いらっしゃいませ。あ、赤尾君」

店主は、赤尾と同い歳の男だ。既婚者で、優しい奥さんと子供がいる。

少し話したあとワインをセレクトし、日本酒の棚も覗く。最近は日本酒を白ワインのようにグラスで飲むことも増えたため、大吟醸も仕入れることにした。

美味しいものを変わらず提供することも大事だが、変化も必要だ。ただ材料を届けてもらうだけでなく、自分の足で買いつけに行くのは、常に新しい目を養うためだ。

今日は、いいチーズが入っていた。新鮮なモッツァレラチーズは、カプレーゼにするといいだろう。以前イタリアで食べたモッツァレラは、新鮮で極上の味だった。

「これ、車に積んでおいてくれ。すぐに行くから」

「了解」

車の鍵を渡すと、久白は酒や食材の入ったケースを軽々と肩に担いで出ていった。細いが筋肉のちゃんとついた背中だというのは、Tシャツを着ていてもわかる。バランスの取れた後ろ姿。

いい歳した男二人で黙って見送っていることに気づき、顔を合わせて苦笑いした。

「人雇ったの？」

「まぁな」

「なんか雰囲気ある人だね～」

店主は、久白が出ていったドアのほうを見て言った。やはり、そういった印象を抱くのは自分だけではないのだと、少しだけ安堵する。

「俺が一人いるより、ああいうのがいたほうがいいだろう」

「確かにね～。うちも可愛いバイトの子入れようかな」

「客のためじゃなく自分のためだろう。奥さんに叱られるぞ」

一ヶ月分まとめて請求されるため、伝票に受け取りのサインをして控えを貰った。

「しかし、あんなイケメン、どこで見つけてきたんだ？」

「客として店に来たんだよ。大喰いでな」

「へぇ、それでスカウト？」

詳しく説明すると色々と詮索されそうで、適当に誤魔化す。

「まぁ、成り行きでな。仕事も探してるみたいだったし、声かけたらすんなりだ。今はうちの二階の部屋を貸してる」

「相変わらず人がいいねぇ。どうせ部屋代取ってないんだろ？」

「そうだが、実はかなり使えて助かってる。力仕事なんて、涼しい顔でどんどんやりやがる」

「へぇ、そうは見えないねぇ」

「店に来たらわかるさ。またそのうち食べに来てくれ。サービスするよ。じゃあまた」

軽く手を挙げて店を出る。車に戻ると、久白はいなかった。運ぶよう言っておいたワインや他の食材は、後部座席に載せてある。

（どこに行った……？）

ざっと見回しても、その姿はない。眩しい日差しが降り注いでいるだけで、隣の店の敷地にも人はいなかった。日傘を差した女性が、道路を挟んだ向こう側の歩道を歩いている。

咄嗟に、もう久白は戻ってこないと思った。いつかそうなる気はしていたが、まさかこんなに早く消えるなんてと思い、なぜか焦りを抱く。二度と会えないような気がした。まだ出会って間もない相手だというのに、なぜこんなに慌てているのか——。

その時、酒店の裏側の路地のほうから男たちのもめるような声が聞こえてきた。

（あっちか……）

すぐにそちらに向かうと、久白が四人の男に取り囲まれていた。

海の近くには、ガラの悪い連中もよく集まる。粋がった若者がトラブルを起こすことも多く、警察沙汰になったのを何度か見たことがあった。その手の輩だというのは、一目見てわかる。あんな連中に絡まれたら、久白などひとたまりもない。

「キレーなお姫様は、生意気だなぁ」

「俺らが世の中ってもんを教えてやろうか？」

久白が胸倉を摑まれた。拳を振り上げているのは、日焼けした体格のいい筋肉質の男だ。手首には、悪い冗談かと思うような金のブレスレットをしている。

「おい、待……っ、——っ！」

助けに入ろうとしたが、足を止めた。目の前で繰り広げられた光景は、信じがたいものだったからだ。

「ぐぁ……っ」

久白の拳が、ブレスレットの顔面にヒットする。かと思うと、隣の男が股間を押さえて蹲り、後ろから殴りかかろうとしていた男までもが拳の餌食となる。

（強い……）

その姿は、あまりに生き生きとしていた。水を得た魚のようだ。目の前で繰り広げられているのは殴り合いだというのに、なぜか美しいとすら感じた。見惚れずにはいられなかった。闘う者の姿に魅入られ、茫然と佇んでしまう。

口元に笑みすら浮かべている久白は、綺麗だった。ただただ、綺麗でしかなかった。

しかし、最後の一人が地面に沈んだ瞬間、我に返る。

（見てる場合か……っ！）

慌てて駆け寄り、馬乗りになってさらに男を殴る久白を後ろから羽交い締めにし、男から引き剥がした。

「やめろ！　そこまでだ！」

どうどう……、と暴れ馬を宥めるように落ちつかせ、顔を血だらけにしている男たちに向かって言う。

「お前ら行け！」

手を離せば、再び殴りかかるだろう。早いとこ行ってくれ……、と相手を促すと、若者たちは捨て台詞すら残さず慌てて逃げていった。すぐさま久白を引き摺っていき、車に乗せてから自分も運転席に躰を滑り込ませる。

「お前な……」

「あっちから絡んできたんですよ。すれ違った時にちょっと肘が当たっただけなのに、いきなり裏まで引き摺っていかれて」

「だからって本気で相手するな。さっさと逃げてくりゃよかったんだ」

「ま、そうだけど」

反省はしているようだ。バツが悪そうにしている。

あれだけ暴れても息一つあげていない久白を見ていると、本当に同じ人間なのかと疑いたくなった。普段は凶暴なところなど何一つないのに、自分に危害を加えようとする相手には容赦ない。

まるで、手のつけられない野生動物のようだった。

「警察が来る前に行くぞ。誰かが通報してたらすぐに来るからな」

周りを見てからエンジンをかけて、ゆっくりと駐車場から出る。運転しながら久白を一瞥すると、頬が微かに紅潮していた。

店に向かう車の中で、赤尾は時々久白に視線を遣り、再び前を見るの繰り返しだった。車に乗ってしばらくは、心臓が小さく跳ねていた。いつパトカーのサイレンが追いかけてくるかとひやひやしていたのもあるが、それだけではないのも確かだった。助手席に座る久白の存在が、やたら気になって仕方がない。

赤尾は、自分が女を見るような目で久白を見ていたのだと気づいた。無意識とはいえ、失礼だったと深く反省する。

久白が男たちに囲まれているのを見た時に抱いたのは、明らかな庇護欲だ。助っ人に入るのではない。護ろうとした。自分の女が悪い男に絡まれたかのような気持ちになり、頭に血が上った。

ところがどうだ。そんな赤尾に冷水を浴びせて目を覚まさせるかのごとく、久白はその凶暴な一面をまざまざと見せつけたのだ。

久白は四人を相手に怯むことなく、暴れた。しかも、滅茶苦茶強い。生き生きとした目をしてチンピラたちを殴っていた。

「何？」

「お前、相当強いな」

口に出して言うと、久白はくだらないとばかりに鼻で嗤う。まだ気が立っているのか、頬の紅潮は収まっていなかった。まるで女を抱いてきたばかりのようだと思い、そんな横顔にまた魅入られた赤尾は乱暴に髪を掻き回す。

（ったく、俺はどうしたんだ……）

目撃したのは殴り合いだというのに、何が女を抱いてきただ……、と己の思考に頭を抱える。

性的な姿など、どこにもなかった。それなのに、なぜ咄嗟に浮かんだのがそういう言葉なのか。しかも、ふわりといい匂いが漂ってくる。

久白が店に来た日、鼻を掠めたのと同じ香りだ。微かに甘い香りのする体臭はどこか淫靡で、ますます赤尾を混乱させる。

「殴り合いなんて……助けを呼べばよかったんだよ」

「自分の身は自分で護んないと」

久白の匂いに惑わされそうになりながら、赤尾はハンドルを握っていた。

「俺だって近くにいたんだ。次に同じことがあったら、ちゃんと……」

「信号赤ですよ」

アクセルを緩める気配がまったくなかったからだろう。久白に指摘され、慌ててブレーキを踏んだ。運転中にぼんやりするなんて、どうかしている。

「大丈夫です？　赤尾さんのほうが危なそう」

「お前が心配させるからだ」

他人のせいにするなと言われそうだが、他に言い訳が思いつかなかった。久白に気を取られていたなんて、誤解されそうで口にできない。

その時、久白の拳に血がついていることに気づいた。どうやら殴った弾みで相手の歯で切ったらしい。

赤尾の視線に気づいた久白は、自分の拳を見たあとシャツで拭いた。

「おいおい、服で血を拭くな。帰ったら手当てするぞ」

「大丈夫ですよ」

「ばい菌が入ったらどーすんだ？　黙って言うこと聞け」

「優しいんですね」

それから店に着くまで、二人は無言だった。ワインなどの荷物を下ろして店の中に入れたあと、久白を椅子に座らせて救急箱を取ってくる。そして、向かい合って自分も腰を下ろした。手を出せと言うと、久白は黙って従う。

「少し染みるぞ」

男たちを殴った拳。自分のよりも明らかに小さいが、女のそれとは違う。男の手だ。綺麗だが、骨や関節はしっかりしていて、男四人を相手に喧嘩ができる手だと思った。あの若者たちが次々に地面に沈んだのも、納得できる。

（あれだけ喰うんだ。そりゃそうだ）

消毒薬を適当にふりかけ、傷口の深さを確かめた。心配するほどのものではないようだ。そして、肘の古い傷痕（きずあと）に目が行く。何かで擦（す）れたのか、白い肌にうっすらと赤紫の傷が浮かんでいた。左膝にも似たような傷痕があることは知っている。小さな傷痕なら、脛（すね）の下のほうにも複数あった。

気にしたことはなかったが、何度も喧嘩をしてきた証拠なのだろうかと、赤尾はぼんやりと思った。

「面倒を起こすな」

「すみません」

こうして近くにいると、微かに甘い体臭が赤尾にそっと手を伸ばしてくる。それはどこか意味深で、誘われているような気さえした。

「お前、なんかつけてるのか？」

コロンなどをつけるタイプじゃないとわかっていても、つい聞いてしまう。脈のところにつけると、体温が上がった時にふわりと香ると聞いたことがある。

「時々いい匂いがするぞ」

睨（にら）まれた。視線でここまで拒絶されると、自分がとんでもなくおかしなことを口走った気になる。

「なんで怒るんだよ。褒めてるんじゃねぇか。あ、言っとくが俺はそっちの趣味はねぇからな」

誤解されたかと念のためそうつけ加えると、ようやく普段の久白に戻る。

「別に、何もつけてないですよ」

「そうだよな。そんなタイプには見えねぇもんな」

「そうですかね」

「ああ。でも、お前が変わってるのは確かだぞ。店に来た時からそうだ」

その時のことを思い出しながら、傷口にガーゼを当てた。

「雨も降ってねぇのにずぶ濡れで……」

「そうでしたっけ？」

「何が『そうでしたっけ？』だ。客の注目浴びてただろうが。あの時、何やったんだ？」

事情は聞かないつもりだったが、あの時のことを思い出してそんな質問を浴びせた。久白は少しも動じない。

「別に何も」

「あんまり様子が変だから、人魚が海から上がってきたかと思ったぞ」

言ってから、しまったと思った。馬鹿なことを口にした。また余計なことを言ってしまったと視線を上げると、久白はきょとんとした顔をしている。

「――ぷ」

また睨まれるかと思いきや、今度は笑われた。その反応に、赤尾は恥ずかしさのあまり奥歯を噛み締める。笑いを押し殺しているが、殺しきれていない。

「人魚って……おっさんのくせに、乙女チックだな」

クックック……、と肩を震わせている久白に、すっかり顔が真っ赤になってしまった。

確かに、久白の言うとおりだ。三十六にもなった男が、口にする言葉ではない。

「笑うな」

「笑うなって……っ、……だって……っ、人魚って……っ」

「そ、そのくらい、お前の登場の仕方が変だったたって意味だろうが！」

本当は男相手に美しいと言いたくなるような姿だったからだが、それを言うとまた笑われそうで黙っていることにする。だが、久白の笑いは止まらない。よほどおかしかったのだろう。ガラスに映った自分の姿を見て、それもそうだと納得する。

どう見ても、人魚なんてファンタジーな世界とは無縁だ。

ひとしきり笑うと、久白は目尻に浮かんだ涙を指で拭って立ち上がった。

「手当てどうも」

「おい」

呼び止めると、立ち止まって振り返る。

見下ろされ、また心臓が小さく跳ねた。久白の視線は、心臓に悪い。抱いているはずのない邪な気持ちを指摘されているようだ。

「俺は人魚じゃないよ、赤尾さん」

微笑(びしょう)を浮かべるその表情は、やはり人魚――人ならぬ者のようだった。

なぜ、この青年はこんなにも不思議な感じがするのだろうと思う。謎めいた存在であるのは、確かだ。

そんな赤尾の気持ちを見抜いているのかどうなのか、久白はこう続けた。

「俺は、クジラだ」

その夜、店が終わったあと、久白は与えられた自分の部屋でぼんやりしていた。

窓を開け、目の前に広がる夜の海を見る。月が綺麗で、泳ぎたくなった。潮の匂いが心地いい。

今日も『傳』は繁盛していて、忙しく働いた。躰を動かしていると、余計なことを考えずに済むのがいい。店の客とも、トラブルを起こさずうまくやっている。うまく、普通の人間に溶け込んでいる。

だが、懸念すべきことが一つだけあった。

『いい匂いがするぞ』

赤尾が口にしたあの言葉が、久白の心に暗い影を落としていた。

人間を信用してはいけない。それは、わかっていたはずだ。だが、どこかで気を許していたのかもしれない。店が営業している時は料理のいい匂いが漂っているため、客にそれを指摘されたことはないが、赤尾は違う。一緒に生活すれば、自分が他人と違うことを知られる可能性は高くなる。

しかも、赤尾は匂いに敏感らしい。料理をする人間だから当然かもしれない。

（しっかりしろ……）

赤尾は悪い人には見えないが、それは相手が普通の人間の場合だけだ。久白の秘密を知れば、豹変するかもしれない。何度も、そんな人間を見てきた。それほど、人間は弱い。

久白は手当てしてもらった手を見て、ここに来た時のことを思い出した。

仲介屋から逃げるために崖から海に飛び込み、ここまで何時間も泳いだ。くたくたで、腹が減っていて、何か食べたかった。逃げてきた先に見つけたのは、国道沿いにあるこの店だ。

駐車場と一階が店舗になった二階建ての建物。店の裏側は崖のようになっていて、その下には砂浜があり、海が広がっている。

自然と足が向いた。そして、出てきた料理は絶品だった。

『躰で払え』

あの時、肉体関係を要求されたかと思った。男の身でありながら咄嗟にそんなふうに考えてしまうのは、それまでの経験によるものだ。

背負わされた運命。

自分が何者かすら、わからないでいる。人間であるはずなのに、人でない者の特徴も併せ持つ存在――。

「なんでこんなもん、持ってるんだろうな」

腹の辺りに手を置き、己の奥に宿すものの存在についてつぶやく。

久白は、狩られる者だった。その特異な体質により、呪われた運命を生きる者と言ってもいい。男でありながら、欲望の対象になることを恐れなければならないのも、すべてその体質のせいだった。

躰に宿すのは、『龍涎香』と言われるものだ。

マッコウクジラの牡の体内で作られる結石のようなもので、『抹香』にも似た香りを放つことから、その名の由来ともされている。古くから最高級の香料、または媚薬として重宝されてきた。現在も金の数倍の値をつけるほどの稀少なものであるのは間違いなく、濫獲(かく)の原因の一つだ。

久白が体内に持つのもほぼ同じもので、違うのは、マッコウクジラのそれより媚薬としての効果が大きく、自身にも影響すると言われていることだ。これを体内に持つ者と交わると、驚くほどの快楽を得られるという。そのせいで、久白や同じ体質を持つ仲間たちは売買の対象とされ、狩られてきた。

セックスドラッグとしては覚醒剤が有名だが、その数倍の快感を味わうことができ、肉体への負担もほとんどない。ただし、同じ相手と何度もセックスすると、その相手以外とのセックスで快感を得られなくなる。久白たちの間では、この現象を『擒(とりこ)になる』と言っている。

だが、それも解決方法がないわけではなかった。

体内で生成されるものだからか、個体によって成分に微妙な違いがあるらしく、交わる相手を変えればそれを避けられる。しかし逆に言うと、頻繁(ひんぱん)に相手を取り替える必要があり、それだけに久白たちは一度捕まると様々な相手とのセックスを強要されることになる。

さらに悪いことに、久白たちはつがいと認めた相手以外とのセックスは拷問(ごうもん)と同じくらいの苦痛を伴うのだ。そして、一度それと認めた相手は一生変わることがない。

情が深く、体内の媚薬の影響が大きいからこそ、道具のように扱われると精神的に崩壊して死に至ることもめずらしくはなかった。皮肉にもそのことが稀少性をより高める結果となり、高値で取引されることとなっている。

その時、頭の中にある声が蘇（よみがえ）った。古い記憶だ。

『逃げて！』

拳を血まみれにしながら、彼女はそう言った。身を護る術（すべ）を教えてくれた人で、恐ろしく強く、そして美しかった。容姿が優れているのも、久白たちの特徴だ。

彼女は、男五人を相手にしても互角に渡り合っていた。だが、六人目が現れた時、形勢が逆転した。まるで、熊のように大きな男だった。

髪を掴まれ、引き摺っていかれた。助けようにも、間に合わなかった。あそこで助けに入れば、久白も連れていかれただろう。

彼女の目はこう言っていた。

いいから、行きなさい。

どうせ逃げられないなら、仲間だけでも助かってほしいと思う気持ちはわかる。だから、彼女を見捨てた。心の中で何度も謝りながら、逃げてきた。

十二歳の頃の話だ。

今も生きているのだろうかと思う。

『龍涎香』は男の体内でしか作られないため、女は主に子を産ませるために仲間とのセックスを強要される。そのことから、この世にいない可能性のほうが高いと言えた。

久白は繁殖（はんしょく）のために使われたことはなく、人と交わったこともない。これまで何度も危険な目に遭ったが、ギリギリのところで逃げてこられた。発情期を経験していない久白にとってそれは未知のもので、己の持つ媚薬がどれほど自分に影響を与えるかわからなかった。

そして、もう一つ。

クジラの中でも群を抜く潜水能力を持つマッコウクジラと同じく、久白たちも息をしないまま平気で数時間潜れる能力を持っていた。訓練を積んでもせいぜい数十メートルしか潜れない人間と違い、二千メートル近くまで潜ることができる。

自分は人間なのか、それともクジラなのか――。

ぼんやりそんなことを考えていると、赤尾が砂浜を歩いていくのが見えた。

(何してるんだろ……)

自分を人魚だと言った男を眺めながら、久白が『俺は、クジラだ』と言った時の赤尾の顔を思い出す。

思わず笑いが込み上げてきた。

人魚と言われ、その夢見がちな想像力に呆れ、ついあんなことを口にしてしまった。子供の頃から常に人間を警戒して生きてきたのに、なぜ赤尾が相手だとこうも気を緩めてしまうのか。

料理が美味しかったからか。必死で逃げた先で拾ってくれた相手だからか。それとも、別の理由があるからなのか。

住み込みで働くつもりなど微塵もなかったのに、ずるずるとここに居続けているのはなぜなのかも、よくわからない。

(赤尾さん、あなたは俺の正体を知ったら裏切りますか?)

過度の期待をすることがどんなに危険か、ちゃんと理解しているつもりだ。

これまでも、自分の身は自分で護ってきた。数人程度なら軽く相手できるのは、久白だけではない。他の仲間たちも、身を護る術を身につけている。そうしなければ、生きてこられなかったからだ。

一対一なら、赤尾のことも組み伏せてしまえるだろう。人間の急所を知り尽くした久白にとって、それは容易なことだ。

「赤尾さーん、何してるんですー?」

声をかけると、赤尾はようやく自分が見られていたことに気づいたらしい。振り返って、手を挙げる。

「ちょっと走ってこようと思ってなー。お前も来るか~?」

「今からです? 俺は遠慮しときます」

朝早くから魚介類の買いつけに行ったり仕込みをしたりで働きっぱなしなのに、よく走る体力が残っているものだと笑う。

「夜食が冷蔵庫にあるぞー。腹減ったら喰っていいからな。じゃあ行ってくる！」

赤尾はそれだけ言い残して、走り始めた。その姿が見えなくなるまで見送り、窓を閉める。そして、数日前に手に入れたスマートフォンを取り出し、ウェブメールサイトにログインした。

仲間と連絡を取る時に使っているメールアドレスで、あらかじめ決めていた隠語を使ってやり取りする。久白は、二十七歳の専業主婦ということになっていた。前回のメールで、この時間に連絡が来るのはわかっている。予定どおり。

新着メールを開き、送られてきたアドレスとパスワードと使って、アダルト系チャットルームに入る。約束の時間の五分前だったが、すでに一人入室という表示が出ていた。久白が中に入ると、すぐにメッセージが表示される。

元気か？

何ヶ月ぶりだろう。連絡を取ることは滅多(めった)になく、それぞれが普通の人間に紛れて生活する中、時々こうして互いの無事を確認している。

元気よ。

あくまでも、出会いを求めてアダルトサイトにアクセスする者同士を装(よそお)う。

相手は幼馴染みで、久白と同じ性質を持つ男だった。名を入江海人(いりえかいと)という。

海人は、『ガーディアン環境保護団体』という環境保護団体に籍を置いている。

いわゆる環境テロリストとも言われる、過激な活動をしている団体だ。彼らの活動の目的は単に野生動物を護るためだけではないが、久白たちが紛れ込む理由は、まさに自分たちの仲間――クジラを護るためだった。

彼らの目的が本来のものから逸脱していようとも、その過程で護れる命はある。自分たちが快楽のために狩られるのと同じように、人間の都合で濫獲される者たちを護りたいと思うのは、ごく普通の感情だった。仲間の中には、むしろ人間に対する復讐心からテロ行為に走る者もいる。

一年ほど前まで、久白もそこにいた。過激な活動に手を染めていた。人と人とが争う姿を見て、そしてそれを後押しすることで、自分がされてきたことへの復讐を果たしているつもりになっていた。

けれども、今はそんな気にはなれない。

久白は、メッセージを打ち込んだ。

そっちはどうなの？

ああ。変わらないよ。旦那は元気か？　俺たちのことを気づかれてないか？

大丈夫。バレないようにしてる。

それならいい。会いたいよ。

そうね、私もすごく会いたい。色々相談したいこともあるの。

何か困ったことが起きたのか？

ちょっとね。だから会いましょう。もう我慢できないの。

わかった。都合をつけるよ。

万が一第三者の目に触れることがあったとしても、不倫カップルのデートの約束にしか見えないだろう。二人は、数日後に会う約束をしてからログアウトした。兄弟のような相手に「愛してる」とメッセージを送ることには、もうすっかり慣れた。

実は、ここでの生活をしていくうちに久白の中にある変化が起きている。

(俺は……どうしたんだろう)

自分の躰を抱くように肩に手を置き、ため息をつく。複雑な思いは憂いとなり、久白の心に小さな影を落とした。

2

大人になると、ものごとが複雑になってくる。純粋に自分の気持ちに素直になることが難しくなってくるのは、誰でも同じだろう。

赤尾は、このところ悶々(もんもん)としていた。今も店のカウンター内の厨房(ちゅうぼう)で仕込みをしながら、考えごとをしている。原因は、久白だ。

『俺は、クジラだ』

あの言葉が、そしてそれを口にした時の久白の表情が、頭から離れなかった。その妖しげな色香に、すっかり参っている。

なぜ、久白があんなことを言ったのか――。

そのことばかり考えてしまい、仕事の手がおろそかになっている。今日は、飴色に仕上げるはずのたまねぎを焦がしてしまった。らしくない自分を、何度叱咤(しった)しただろう。

「どうしたの、マスター」

「ん〜、いや……別に」

まだ開店前だが、カウンター席には一人の男がいた。いつも店に野菜を届けてくれる近くの青果店の若者で、田端時生(たばたときお)という。無農薬野菜やめずらしい野菜を扱っていて、こうして店に配達をしてくれるが、小さな店舗を持っていてそこで販売もしている。馴染みのない野菜は食べ方を提案してくれるため、若い女性を中心に人気があるようだ。赤尾もこの店を利用し始めてからメニューの幅が広がっている。

その礼として、時々昼食をご馳走するのだ。

「ん〜、だけど美味しい。美味しいですよ！　このクリームパスタ！」

「そんなふうに言ってもらえるのは、ありがたいな」

目の前で旺盛な食欲を披露する田端を見て、久白を思い出す。今朝は、イカを増量させたパエリアを二人前、ぺろりと平らげた。

「そういえば、最近雇った久白さんでしたっけ？　うちのお客さんが知ってましたよ」

「そうか」

「なんか、すごく雰囲気のある人ですよね」

この言葉を何度言われただろうか。店の常連が、何人もこの言葉を口にした。

確かに、久白は初めから不思議な雰囲気を纏っていた。

だが、それだけではない。人魚とすら形容したくなるオーラを持っているのに、食べている時はガツガツと獣のように野性的なのだ。特に大好物のイカを食べる時は顕著で、それがむしろ久白の好感度を上げていた。ただ見た目が綺麗なだけではない。まるで野生の獣を見ているような生命力や力強さが、久白を美しいと感じさせるのだ。

さらに、時折鼻を掠める甘い香り。ほんのりと、だがそれは確かに赤尾の心を虜にしている。

あからさまに誘われるより、いけない。忍び寄る誘惑の香に、惑わされている。

あの微かに甘い体臭の正体は、なんなのだろうと思う。

「クジラか……」

信じているわけではないのに、口から出たのはそんな言葉だった。

「なんか言いました？」

「そういや、マッコウクジラはダイオウイカの天敵だったと思ってな」

「え……？」

「クジラだよ、クジラ」

「マッコウクジラって肉食の凶暴な鯨ですよね。クラーケンと闘ってるやつ。モビィ・ディック？」

「『白鯨』か。読んだのか？」

「面白かったですよ。赤尾さんも？」

「ああ、読んだ」

悪魔の化身と言われた、白いクジラを思い出した。

久白の言葉がいつまでも頭から離れない原因の一つが、それを彷彿とさせるものを持っているからだろう。

確かに、久白は凶暴だ。見た目の美しさとは裏腹に、自分に危害を加える者がいれば容赦なくボコボコに殴って撃退するタイプで、簡単に手を出してはいけない相手だとわかる。手を出したほうが怪我(けが)をする。

男たちに絡まれた時に見せたあの一面は、ダイオウイカと死闘を繰り広げるマッコウクジラの絵を思い起こさせるのだ。凶暴な海の生物。肉食動物の中では、最大で最強。海のギャングと言われるシャチですら、タイマンならまず勝てない。

イカが大好物なところも、同じだ。

(まさか……あいつは本当にクジラが人に化けて出てきたんじゃないだろうな)

本気でそんなことまで考え始め、赤尾は我に返った。

幽霊の存在すら信じていないのに、なぜクジラが人に化けて出てくるんだと己の考えに呆れ、否定する。

(いやいやいやいや、そんなわけあるか。アホか俺は。何騙されてるんだ)

人魚のほうがまだマシだ。クジラが人に化けて出てくるおとぎ話など、聞いたことがない。

「あ〜あ、なんかぐるぐるしてますねぇ。まさか、惚(ほ)れちゃいました？」

「――――っ！」

想像だにしなかった言葉に、ギクリとした。すごい形相で睨んでしまったのだろう。言った田端のほうも、驚いた顔をしている。

「え……っ、だって、ちょっと妖しい雰囲気の人だから……そっちに走ってしまわれたのかと」

「何が『走ってしまわれた』だ。馬鹿なことを言うな。あいつが自分をクジラって言ったんだよ。だからちょっと気になっただけで」

我ながら言い訳がましいと思いつつ、他に言葉が思いつかなかった。

田端は少し考え込んだあと、ぼそっと言う。

「クジラってことは、ホエール？」

「英語ではそうだったな」

「カジノで大金を使う大口の客のことを、ホエールって言うらしいですよ。ＶＩＰ待遇されるセレブ」

「へぇ、そうなのか」

ということは、久白が実は驚くほどの大金持ちで、何か訳があってここに来た可能性も考えられる。金持ちの気まぐれか、はたまた全財産を擦るほど大負けし、金を返せず借金取りから逃げているのか——。

（馬鹿馬鹿しい）

あれこれ想像力を働かせていたが、脱力して深く項垂れる。

疲れた。

どっぷりと嵌まっているのは、間違いない。久白という男に、心底嵌まっている。どこから来たのか、なぜずぶ濡れで現れたのか、どんな事情を抱えているのか。

聞きたいことは、山ほどある。

思えば、雇っているうえ住むところも提供しているというのに、久白のことは何も知らない。我ながら、無謀な人選だ。だからといって放り出すつもりはないが、このまま何ごともない日々が続くとは思えなくなってきて、とんでもない男を拾ったかもしれないという気持ちになる。

「ごちそうさま。美味しかったですよ。ま、禁断の世界に足を突っ込んだら相談に乗ってあげますから、いつでも連絡ください」

「大人をからかうな」

田端が帰ると、食器を片づけて街まで出る準備をした。

(そういや、あいつも出かけるっつってたな)

二階の部屋には、人の気配がなかった。声をかけずとも、いないのはわかる。

ここで暮らすようになってしばらくは、あまり外出はしていなかった。仕込みを始めると下りてきて、作業を見たりしていた。けれども、この頃はふといなくなったりする。

相手は男だ。いちいち詮索するのはナンセンスだが、気になって仕方がない。

(そもそも登場の仕方があれだからな……)

晴れた夜にずぶ濡れで現れたのが、いつまでも久白を神秘的な存在のように感じてしまう原因の一つだ。

久白がいるなら誘うつもりだったが、赤尾は一人で車に乗った。行き先は、自家製のソーセージを売っている知り合いのところだ。店内はスモークのいい香りがして、遠くから買いに来るファンも多い。

いつものようにそこで必要な量を仕入れたあと、赤尾は街の中心まで出た。洋服など自分の身の回りのものをわざわざ買いに来ることなどないため、こうしてついでに買い物を済ませることにしている。

あらかた用事を済ませると車に戻ろうとしたが、赤尾はふと足を止めた。

(久白……?)

歩道を歩く人混みの中に、久白を見つけた。男と二人で歩いている。結構な人出だが、目についた。目を引く二人だった。

あとをつけるなんてすべきことではないとわかっているが、つい追ってしまう。

(俺は何をしてるんだ……?)

探偵の真似事をするつもりかと自問しながらも、自分を抑えられなかった。相手の男がいったい誰なのか、気になって仕方がない。

二人はカフェに入っていった。少し時間を置いて赤尾も中に入り、コーヒーを注文して久白から見えない席に座る。

見ると、やけに親密そうに躰を寄せて話していた。

（誰だ……？）

相手の年齢は久白と同じくらいで二十代半ば。長身で、かなりの男前だ。短めにカットした黒髪は無造作なスタイルで、特にお洒落をしているわけではないというのにどこか目立つ。目鼻立ちははっきりしているが、赤尾のように濃いのと違って洗練された雰囲気で、久白と二人並ぶと絵になった。

イイ男が二人揃うと、女性の視線が集まるのは自然なことだ。

目立つことはしていないというのに、二人のいるところだけ特別な空気があるように感じる。

「――っ！」

男が久白の耳元に唇を近づけて何やら囁くのが見え、赤尾の心臓が大きく跳ねた。

妖しげな雰囲気だ。

（もしかして、あいつのオトコなのか……？）

久白と男があまりにも絵になるため、赤尾はそんな疑いを持ち始めていた。そしてそれは、ある記憶を呼び起こす。

久白が初めて店に来た日のことだ。金をまったく持っていないと言う久白に、躰で払えと言った。その時に、返ってきた言葉――。

『躰って……そっちの意味？』

労働でという意味ではなく、別の意味に取ったのは間違いない。肉体関係を求められたと思っていないと、あんな言葉は出ないはずだ。

あの勘違いは、自分が男の欲望の対象になり得ると思っているからだろう。

（おいおい、どこ触ってんだ）

テーブルの上に置いた久白の手に、相手の男が手を置いたのがわかった。なぜかイライラし、その手を退けやがれなんて心の中で毒づいてしまう。

しばらくすると、久白は立ち上がって相手の男に軽く手を挙げて店を出ていった。それは追わず、相手の男の動向を見守る。

男は誰かに電話をかけ、しばらく会話をしたあと席を立ってトイレに入っていった。どんな奴なのかもっと近くで見てやろうと、赤尾も続く。

だが、ドアを開けると人影はなかった。咄嗟にまかれたと思い慌てるが、個室のほうで物音がして、そこにいるとわかる。出てくるまで待っているわけにもいかず、用を足してから洗面台で手を洗った。すると、男が個室から出てくる。

隣に立つ男を、鏡越しにチラリと見た。目が合う前に視線を逸らすが、男が口元を緩めて笑ったような気がして、もう一度目を遣る。

その時、久白の移り香がした。

「――っ！」

ギクリとして、心臓が落ち着かなくなる。

間違いなく、久白が時々漂わせるのと同じ『抹香』に似た香りだ。何かいけないものを覗いたような、そんな後ろめたい気分になった。

移り香がするほど、近くにいたのか。躰を密着させていたのか。密着させるほど、親密な関係なのか。

次々に浮かぶ疑問は、まるで嫁か彼女の浮気を疑う男のそれだった。

赤尾は自分の中に嫉妬心のようなものが芽生えていることに気づいた。

親密そうな二人の姿に、苛立ちすら感じていた。久白が誰とどういう関係を築こうが自分に口を出す権利はないとわかっているのに、面白くない。

愕然とした。

（俺は、やっぱりあいつに惚れたのか……？）

三十六年生きてきて、同性にそういった感情を抱いたことのない赤尾にとって、まさに晴天の霹靂だった。

久白と男が会っているのを見てからというもの、変に意識してしまい、赤尾の混乱はますます加速するばかりだった。

久白のちょっとした言動に、いちいち反応してしまう。何を見てもカフェで会っていた男のことが蘇り、二人のあらぬ関係を想像してしまうのだ。

「赤尾さん、これ裏に運んどいていいですか?」

「ああ、頼む」

ワインの入ったケースを軽々と肩に担ぐ久白の姿に、心乱されてしまう。

細く引き締まった背中に色気のようなものを感じるのは、男と親密そうにしていたからだろうか。

「運び終わったら、夜の営業まで休憩(きゅうけい)していいぞ~」

「了解。これが終わったら、ちょっと出ますね」

どこに行くのか気になるが聞くわけにもいかず、想像ばかりが膨(ふく)らんでいく。あの男とまた会っているかもしれないなんて考えてしまうのだ。

（アホか俺は。あいつが誰と会おうと関係ねぇだろうが）

そうやって言い聞かせるように心の中でつぶやき、自分を戒める。

久白が仕事を終えて姿を消すと、赤尾は余計なことは考えまいと仕込みの作業に集中するよう努力した。しかし、なかなかそううまくいかない。

それからどのくらいしただろうか。ドアのベルが鳴り、顔を上げた。

「夜は六時からの営業ですよ」

スーツを着た、二人組の男だった。どこか険しい表情をしており、遅い昼食をとりに来たサラリーマンには見えない。

「客ではないんです。ちょっとお尋ねしたいんですけど」

「なんです？」

警察手帳を見せられ、やはりただのサラリーマンじゃなかったかと思うが、驚いたのが公安部所属だったことだ。刑事が来ただけでも驚くことだが、公安は中でもとりわけ馴染みがない。

「この男を見ませんでした？」

差し出されたのは、久白の写真だった。遠くから撮ったものだが、間違いない。何も言わずに視線を上げると、さらに質問を続ける。

「捜してるんですが、ご存じないですか」

「誰です？」

「まぁ、参考人といいますか、ある団体に関する情報を持っているらしくてね」

「ある団体？」

「『ガーディアン環境保護団体』という団体です。聞いたことはあるでしょう？」

「ええ」

赤尾は小さく頷いた。

海洋生物や絶滅危惧種を護るために結成された組織だ。だが、環境テロリストと言われるほど、過激な活動にも手を染めている。

セレブを中心とした狩猟愛好家たちに脅迫状を送ったり、所有する船を爆破したりもしていると聞いたことがあった。確かに、娯楽としてのハンティングには赤尾も賛同できない。息絶えたライオンの前に跪き、ライフルを抱えて笑顔で写っている写真をインターネット上で見た時は虫酸が走った。

しかし、それがテロ行為に走っていい理由にはならないと赤尾は思っている。

世間の反応も似たようなもので、活動内容の一部に賛同する声もあるが、その過激な行動は批判の対象になっている。

「この男がテロリストの一員ってことですか？」

「いえ、そうではありません。お話を伺いたいだけですので」

刑事たちの様子から、それが本当のことなのかは判断がつかなかった。ただ、テロリストを追っている公安警察なら、詳しいことは話さないだろう。二人が醸し出している厳しい空気からここにいると正直に言う気にはなれず、咄嗟に嘘をついた。

「いえ、知らないですね」

もし、今久白が外から戻ってきたら言いわけのしようがない。頼むから戻ってくるなよ……、と心の中で祈りながら、二人の反応を待つ。

「そうですか。ところで、いい店ですね。一人で切り盛りされてるんですか？」

「ええ、まぁそんなところです。独り身ですし」

探られているのかと思い、慎重に受け答えする。雑談のようだが、この男たちが無駄話をするとは思えない。咄嗟の嘘がバレたのではと、動揺を抑えるのが難しかった。

男たちは、五分ほど店のことなど聞いてから、改まった態度で頭を下げる。

「すみません、長々と。もし、この男を見かけたらご連絡ください」

「ええ、その時は」

名刺を受け取ると、男たちが出ていくのを見送った。一人になってもなんとなく監視されているような気がして、黙って作業を再開する。

（公安って、どういうことだ……？）

久白が戻るのを待っている間は、落ちつかなかった。公安に目をつけられるなんて、普通じゃない。本当にただの参考人だろうか。

そんな思いを抱えながら仕込みを終え、休憩する。

(あいつは、何者なんだ……？)

手が空くと、さらに落ちつかなくなった。一時間ほどして久白が戻ってくるまで、延々と自分の中で同じ疑問を繰り返すだけだ。

「ただいま」

声をかけられ、弾かれたように顔を上げる。

「……どうかしました？　そんなにびっくりして」

「さっき、お前を訪ねてきた奴がいる」

「俺を？　どんな男です？」

久白からは、少しの動揺も感じ取れなかった。けれども、心の中はどうなのかわからない。本当に公安に追われる人物なら、赤尾のような一般人に何か探られたところで動揺などしないだろう。

そして、気づいたことが一つだけあった。

「なんで男だと思った？」

「え？」

「俺は、お前を訪ねてきた奴としか言ってねぇぞ」

隠しごとをしている確かな証拠を目の前に叩きつけるように、強い口調で言った。だが、久白は動じない。

「何怖い顔してるんです？　俺を訪ねてくる女なんていないいからですよ。友達なら何人か思い当たるから」

「なるほどな。公安と言ってたぞ」

「公安……」

今度は、少しだけ表情が変わった気がした。しかし、まずいというよりどこかほっとしたような表情だ。ますますわけがわからない。

「お前、何者なんだ？」

こんなふうに問いつめたところで、素直に白状するとも思えなかったが、聞かずにはいられなかった。そんな赤尾を軽く躱すように、久白は口元に微笑を浮かべる。

「まだ俺のこと人魚だって思ってるんですか？」

「ふざけるな！」

思わず怒鳴ってしまい、そんな自分にため息をついた。どうして久白が絡むと、こうも己をコントロールできなくなるのかと自問する。

目の前で冷静を保ったまま自分を見ている久白の視線が、痛い。

「……悪かった。お前の写真を持ってた。聞きたいことがあるんだと」

「また来るって言ってました？」

「そんな男はいないって言っちまったよ。なんでだろうな」

その言葉に、久白は小さく笑った。優しく目を細めるその表情は、まるで困った子供を優しく見守る母親のそれだ。

年下の男にそんなものを感じるなんて、どうかしている。

「顔に傷とかなかったです？」

「ねぇよ。なんでそんなこと聞くんだ」

「公安ってのが嘘かも。こっち系の人とか？」

「こっち系に追われるようなことしたってのか？」

当てつけるように言ってしまい、またため息をついた。

苛立っている。

「今日はやけに絡みますね」

図星を指され、苦笑いするしかなかった。

「すまん。ただ……お前が自分をクジラなんて言うから」

あの時の久白の目を思い出し、前髪を掻き上げる。あの時の意味深な視線が、頭から離れない。

「ああ、すみません。軽い冗談ですよ。俺、実はクジラってニックネームだったことがあるんです。久白ってクジラって読めないこともないでしょ？」

「適当なことを言うな。お前、この前男と会ってただろう」

この期に及んで何を言い出すんだと思うが、今さらやめたところで口にした言葉を回収できるはずもなかった。

しかも、久白の表情が微かにこわばったのがわかった。

まずい。

聞いた自分のほうがそんなふうに感じるのは、かろうじて残っている理性が今にも崩壊しそうだからだ。

「あいつは誰だ？　やけに親密そうだったな」

「あとをつけたんですか？」

「偶然見かけたんだよ！」

声を荒らげるなと自分に言い聞かせるが、どうしても感情を抑えられなかった。あの時のことを思い出してしまう。

久白の移り香。二人並ぶと、絵になる相手。

こだわっているのは公安が訪ねてきたことにではなく、隠れるように男と会っていたことにだ。恋人でもないのに。問いつめる資格すらないというのに。

「お前、先に店を出たよな？　相手の男とたまたま便所で一緒になった。お前の移り香がしたぞ」

久白の表情に、わずかながら変化が見えた気がした。

身に覚えがあるというのか——また、嫉妬心が顔を覗かせる。

「移り香がするようなことでもしてたのか？」

久白は、すぐには答えなかった。だが、次の瞬間——。

「何？　もしかして妬いてんです？」

挑発的に笑う久白に、赤尾はカッとなった。ここまでなんとか堪えてきた感情が、理性の殻を破って一気に飛び出したようだ。

「なんだと？」

「俺、赤尾さんに狙われてる？　俺に惚れてるから優しくしたんだ？　住み込みで働けなんて言って、本当は俺のカラダ狙ってたんじゃないの？」

そういうつもりはなかったが、自分ですら気づいてない感情を見透かされているようで、否定できなかった。

久白に優しくしたのは、ただの親切心だけなのか。本当に、下心はなかったのか。

久白という男に魅力を感じているのは、事実だ。妖しげな色香に惑わされるように、魅入られていた。

「世話になったし、一回くらい相手してもいいですよ」

そんな気などないとわかっていたが、自分を安売りするようなことを言う久白に腹が立ち、思わず胸倉を摑んだ。

「おい、誰に向かって言ってるんだ？　頼めばやらせてくれるってのか？　えっ！」

睨み返してくる久白の目が、自分を拒絶していると感じた。

「いい加減にしろ。ちょっと見てくれがいいからってな、誰もがお前を特別扱いしてくれると思うな！」

違う。言いたいのは、そんなことではない。

そう思いながらも、とまらない。

「躰を売ろうが男と会ってようが、俺には関係ない。勝手にしろ！」

そんなこと微塵も思っていないのに、口をついて出るのは本心とはかけ離れた言葉ばかりだ。

強い視線。

手を緩めると、久白は黙って出て行った。

その背中が、そして一瞬見えた表情が、赤尾の心に突き刺さった。深々とため息をつき、項垂れる。そして、自分のしたことの愚かさを嚙み締めた。

（あんな言い方することねぇだろうが）

今ほど自分が嫌になったことはない。

「くそ……」

久白を追いかけることもできず、赤尾は頭を抱えるだけだった。

赤尾の店を出てきた久白は、海岸をとぼとぼと歩いていた。

公安を名乗る男が『傳』に来たことは、想定外だった。もしかしたら、海人を追う過程で自分のことが捜査線上に上がってきたのかもしれない。

環境保護団体にいたのは一年ほど前までだが、罪が消えるわけではない。

そして、もう一つの可能性が脳裏(のうり)をよぎる。

『早く捜せ！　絶対に逃がすんじゃねぇぞ！』

自分を追う、顔に傷のある男――仲介屋のことだ。

あの男は、これまでに会ったどの仲介屋よりも厄介だった。まるで蛇のようなしつこさで追ってくる。何度も危険な状況を切り抜けてきたし、これからもそうしてみせるつもりだが、あの男だけは要注意だと経験が警告している。

赤尾のもとを訪れたのが本当に公安なのかは、わからない。顔に傷はなかったというから仲介屋本人が来たわけではないとわかるが、誰かを雇った可能性もある。

自分を追う者の気配に緊張を覚えるが、今久白の心を占めているのは別のことだった。

「なんであんなこと言ったんだろ」

挑発した自分が悪いのは、わかっている。けれども、正直にすべてを話す勇気がなかった。誤魔化したかったのだ。海人との関係や、自分の秘密を。

すべてを知った時、赤尾がどんな態度を取るのか考えると身構えてしまう。

それは、恐れだ。

『今』を壊したくない。それは、裏切られたくないと思っているからだ。今の生活が気に入っている。今の関係を気に入っている。失いたくない。

けれども、あんな言い方をしなくてよかった。

公安が追ってきただけなら、あそこまで冷静さを失うことはなかっただろう。これまでも、幾度となく仲介屋たちの手から逃れてきたのだ。

久白の心が乱れたのは、海人と会っていたことを赤尾が知っていたからだ。やけに親密そうだったと言われたが、そう言われても仕方がないのかもしれない。

家族と同じだ。

そして、指摘された事実――。

『移り香がするようなことでもしてたのか？』

その発想に、軽く口元を緩める。

あれは、移り香なんかではない。海人も久白と同じように体内に『龍涎香』を持っているから同じ匂いがするだけだ。誤解を解くためには、自分たちの秘密を打ち明けなければならない。

そして、親密そうに見えたのは、相談ごとをしていたからだろう。

「俺は……どうしたらいいんだろうな」

ため息とともに、そうつぶやく。

海人をわざわざ呼び出したのは、ある問題に直面しているからだ。それは、このところずっと久白を悩ませている。

動物の発情期は雌が出すフェロモンに誘発されることが多いが、久白たちは少し違う。フェロモンに反応することもあるが、別のものが原因になることもある。その一つが、酒だ。アルコールを摂取すると『龍涎香』が刺激されるのか、発情を促すこともあるとされている。

だから、下戸だと言った。久白たちは、アルコール類は一切口にしない。

そして、恋愛感情を抱いた時にも発情と同じ症状が出ることがある。久白はこのところ、自分の体内にある『龍涎香』の影響に悩まされていた。

躰が疼くのだ。

こんなことは初めてで、自分でも戸惑っている。だから、すでに発情の経験がある海人に相談した。そして、わかったことがある。

久白は、おそらく恋をしている。

二十歳を過ぎ、成熟してくると、こういった症状が徐々に出てくるようになるとは聞いていた。誰かを想う気持ちが、自分の中の媚薬を刺激してしまうのだと……。

その効果は薬で抑えることもできるようだが、知識を持っている者は久白の近くにいない。

移り香がしたと言った時の赤尾の表情を思い出し、寂しい笑みを口元に浮かべる。

(違うよ。多分、あなたのせいだ……)

赤尾を想うだけで、躰に変化が起きた。もう、赤尾のところにはいないほうがいいのかもしれない。対処の方法がわからないまま、この疼きを抱えているのはつらかった。

しかも、公安を名乗る男たちが訪ねてきたとあれば、無視できない。少なくとも、自分を追う者だ。仲介屋が絡んでいるとすれば、なおさら今逃げるのが得策と言えるだろう。

賢い選択がなんなのか、頭ではわかっている。

「はぁ」

躰が熱くなるのを感じ、せめて心だけでも落ちつかせようと深呼吸する。岩場の陰に身を隠して座り込んだ。

しばらくそうしていたが一向に熱は収まらず、むしろ悪化するばかりだ。

海岸に人はいたが、ここは岩場の陰になっている。誰も見ていないことを確認し、そのまま海に入った。冷たい水に足を浸していると、少しは楽になれる気がした。一度そうすると堪えきれなくなり、服を着たまま水に浸かって深く潜っていった。そして、沖のほうへ向かって泳いでいく。

水の中は心地好かった。

なぜ苦しくならないのか、わからない。久白にとって、一分もしないうちに苦しくなるほうが違和感のあることだった。

自分は人間なのか、それとも別の生き物なのか……。

もう幾度となく繰り返した疑問が、また心に浮かび上がる。

「ふ……っ」

腹の奥が熱くなり、それは全身へと広がった。

（やばい……）

赤尾のことを考えただけで、腹の奥が熱くなる。

苦しい。けれども、苦しいだけではなかった。自分の奥に燻る炎に、ジリジリと焼かれている気分だ。甘くて、切なくて、言葉では説明しがたいもの。

さらに深く潜るが、熱はまったく収まってくれなかった。それどころか、ますます熱くなるばかりだ。

「ぁ……っ」

やはりこれが発情なんだ……、と初めて味わう感覚に、戸惑っていた。迫り上がってくる甘い戦慄(せんりつ)に身を焦がし、悶(もだ)える。

このまま海の底に沈んでいけたら、どんなにいいだろうか。

そう願うが、自分の気持ちからは逃げられない。誰かを想う気持ちは、心の奥にあるからだ。

狂おしさを抱えたまま、久白は深い海の底で赤尾を想い、そして海人に会った時に言われた言葉を思い出していた。

決して相手を間違うな、と……。

秘密を打ち明ける相手を間違えば、危険に叩き落とされる。売り飛ばされることもあるかもしれない。金に目が眩(くら)んだ人間が、何をしてきたのかよく知っている。

そんなことは、わかっていた。赤尾の前から去ることが一番の安全策だと、ちゃんとわかっている。けれども、赤尾が欲に駆られるような人間だとも思いたくなかった。

信じたいのかもしれない。

今まで、仲間以外は信用しなかった。それなりに親しくなった相手はいたが、それでも一線を画していた。仲間以外で、ここまで心を許してしまったのは赤尾だけだ。

危険を犯しても、自分の秘密を打ち明ける価値のある人間——赤尾がそうであると、思いたい。

久白は、深い海の中で初めて抱く感情をただ噛み締めていた。


久白が海から上がってきたのは、太陽が西の空へ沈んで随分経ってからだった。まだ発情は収まっておらず、頭がぼんやりしている。

全身ずぶ濡れのまま、海岸を歩いて赤尾の店へと向かった。完全に迷いを断ち切ったわけではないが、赤尾のもとへ帰る以外のことが考えられなかった。

「はぁ……、……っ、……っく」

ほんのわずかな刺激にも反応する発情した躰を持て余しながら、それでも足を前に進めた。しばらくすると、店の灯りが見えてくる。

（赤尾さん……）

久白は、最初にここに来た時のことを思い出していた。あの時と同じだ。くたくたで、空腹で、灯りに引き寄せられるように店に向かった。今は閉店時間を過ぎているため看板の灯りは消されていたが、店内の間接照明はぼんやりと灯っている。

ドアに手をかけると、鍵はかかっていなかった。ゆっくりとノブを回してドアを開ける。

カラン。

聞き慣れたカウベルの音を心で嚙み締め、店の中に入った。

店内は無人だったが、すぐに二階から慌てて駆け下りてくる足音が聞こえてくる。

それを聞いて、なぜか涙が出そうになった。あんなふうに挑発して飛び出したのに、待っていたと言われているようだった。

「ただいま」

そう口にすると、赤尾は安堵したような顔をする。

「雨でもねぇのにまたずぶ濡れで……。ったく、床がびしょびしょじゃねぇか」

呆れたような口調に、優しい気持ちになった。こんな気持ちになれる相手は、赤尾だけだ。

「お前が初めて店に来た時も、床を濡らしながら入ってきたな。ちょっと待ってろ。着替えとバスタオル持ってきてやる」

赤尾はそう言って、奥に消えた。すぐさま乾いたバスタオルを持ってきて頭から被せられるが、タオル越しに触れてくる赤尾の手に、また腹の奥がじわりと熱くなる。

「こんな時間まで何してた？」

「何って……」

足元がふらついてしまい、肩を抱かれて二階へ連れていかれる。

赤尾の体温を感じるたびに媚薬が反応しているのがわかり、赤尾が自分にとってどんな存在になっているのか改めて思い知った。人を好きになるどころか、仲間以外信じてこなかった久白にとってそれは驚きであり、戸惑いでもある。

「……すみませんでした」

何から言っていいかわからず、ポツリとそれだけ言った。

「俺もあんなふうに言って悪かったよ。悪いのは、俺のほうだ」

「赤尾さん」

「なんだ？」

「俺、ここに戻ってきていいのか……すごく、迷いました。……赤尾さんを……信じて……いい、ですか……？」

急にこんなことを言っても戸惑うだろうと思ったが、他に言葉が見つからなかった。

やはり普通でないと思ったのだろう。顔を覗き込まれ、額に手を当てられる。

「信用していいかどうかは、お前が決めることだ。それより熱があるぞ。とにかく着替えろ。話はそれからだ。ほら、さっさとしねぇと無理矢理脱がすぞ」

急かされ、仕方なく自分で濡れたTシャツを脱いだ。すると、赤尾が小さく息を呑んだのがわかる。

「お前……これ……」

赤尾が驚いたのは、久白の躰の傷だろう。仲介屋に捕まりそうになった時にできた傷が、いくつか残っていた。一番ひどいのは、背中の傷だ。

罠に掛かり、ロープが足に絡まったまま引き摺っていかれた時のものは、肉が抉れたようになって肌が引き攣った状態で残っている。

「変な想像しなくていいですよ。プレイの痕じゃないですから」

あまりに深刻そうな顔をするので、心配する必要はないと軽くからかってやった。すると、赤尾は顔を赤くする。こんなやり取りを何回繰り返しただろうか。短い間だが、こういった何げない日常の一片が、赤尾と過ごした時間が、自分にとってかけがえのないものになっていたと気づかされる。

「馬鹿野郎、何が『プレイの痕じゃない』だ。ほら、躰拭いて着替えろ」

「……っ」

バスタオルを被せられ、ゾクリとした。

他意はないとわかっていても、赤尾の手が肌に触れるたびに躰はどんどん熱くなっていった。息が苦しくて、どうしようもない。

下着も替え、新しいTシャツに着替えて布団の上に横になった。

「ちゃんと寝てろよ。今氷枕を持ってきてやる」

久白は、濡れた衣服を丸めて部屋を出ていこうとする赤尾の手を思わず摑んだ。今言わないと、勇気が消えてしまいそうだ。

「赤尾さん、待……っ」

「どうした?」

「俺は……っ、普通じゃ、ないんです」

その言葉に、赤尾は怪訝そうな顔をした。その視線に晒されながら、さらに一歩踏み出す。

「赤尾さん、人魚って……信じてます?」

前に赤尾が口にした言葉を思い出し、久白はそんなふうに切り出した。一瞬でも人魚の存在を信じる気持ちがあるのなら、自分の話も本気にしてくれると思ったからだ。

だが、からかわれていると思ったのか、赤尾はふて腐れたような口調で返してくる。

「信じてねぇよ。信じてねぇが、お前が今みたいにずぶ濡れで店に現れやがったから、そう言ったんだよ。ったく、いつまでも覚えてなくていいぞ」

その言い方が赤尾らしく、久白は小さく笑った。そして、勇気を振り絞る。

「俺は、……クジラかもしれない」

赤尾の顔を見ると、戸惑いの色が浮かんでいた。それも当然だろう。しかし、話を真剣に聞こうという気持ちも感じられた。

　ちゃんと耳を傾けてくれる。

　こういうところが、赤尾を信じようと思える部分だ。

「久白、前にも自分はクジラだって言ったよな？　ニックネームだったなんて嘘だな。何か理由があるんだろ？」

「ええ、そう……です」

「お前はどう見ても人間の形をしてるぞ。変身できるとかでなけりゃ、人間に見える」

　赤尾は大真面目に言った。こんな突拍子もない話でも、誠実に答えてくれる。

　海人には打ち明ける相手を間違うなと言われたが、きっと間違っていない。

「見た目はね、確かに……人間ですよね」

　久白はこうしている今も自分を翻弄する石の存在を体内に感じながら、寂しい笑みを漏らした。

「俺たちは、躰の中に『龍涎香』を持ってるんです」

「『龍涎香』？　なんだそりゃ」

「結石……みたいなもんです。マッコウクジラの名前の由来、知ってます？」

「抹香に似た匂いがするもんを持ってるからだろう？　……あ」

　海岸に打ち上げられる石のことは、知っているようだ。それなら、話は早い。

「そう、です。マッコウクジラの体内にある……抹香に……似た匂いのする、結石のようなものを『龍涎香』って言うんです。お香としても使われてきたけど、媚薬としても使われてきました。それを、俺たちは体内に持ってる、……はぁ……」

ますます苦しくなってきて、自分を落ちつけるために深呼吸した。赤尾を見ると、にわかには信じられないという顔をしている。

「確かに、お前は時々抹香に似たいい匂いがするが、だからってな……」

困ったように頭を掻く赤尾に、普通の人間にとってどれほど信じがたい話をしているのか実感した。自分たちがどれほど希有な存在であるのかも。

だが、望んでそう生まれたわけではない。誰からも狩られる心配のない普通の人間でありたかった。

「俺らが持ってるのは、媚薬の効果が……クジラのより強いんですよ。だから、闇で売買されてるんです。生きたまま、捕獲される」

「捕獲？　人身売買の対象になってるってことか？」

その言葉に、久白は黙って頷いた。

「だから、逃げているのか？」

「そう……です。俺とセックスすると、ものすごい快楽が得られますよ。覚醒剤以上とも言われてます。常習性も禁断症状も……ありません。ただ、同じ相手と何度もやると

『擒』という状態になって、その相手以外とのセックスで快感を得られなく、なるんです」

「虜？」

「一般的な、虜になるってのとは……違います。肉体的に縛られるっていうか。でも、同じ相手と繰り返しやらなければ……それを避けられます。だから……頻繁に相手を変える、必要があって……、それで執拗に狩られるんですよ」

狩られていった仲間のことを思い出しながら、そう言った。

わざわざこんなことまで告白する必要は、ないのかもしれない。だが、信じようと思ったのだ。だから、すべて知ってもらわなければ意味がない。秘密を持ったままでは、赤尾が信じられる人間なのか確かめられない。

そして、すべて話すことは赤尾に対して誠実であろうとする気持ちの表れでもある。

久白は、反応を見ようと顔を上げた。赤尾は険しい顔をしている。

「信じられねぇが、信じたくもねぇが、お前はそんな嘘をつく奴じゃないよな」

「赤尾さん」

「娯楽や欲望のためにそんな目に遭ってるなんて、そんなことが許されていいわけがない。なんで、そんなことができるんだ」

その目には、怒りの感情が浮かんでいた。

純粋な感情。

やはり、秘密を打ち明ける相手を間違っていなかったと確信し、安堵する。打ち明けていい相手だったのだと。

しかしその時、久白は自分の中でじわりと熱が広がっていくのを感じた。

(あ、……くそ、……また……)

躰をくの字に折って、シーツに顔を埋める。身を捩り、自分の中から湧き上がる欲望に翻弄されまいと理性を働かせて抵抗するが、赤尾に対する想いに反応するようにそれは全身へと広がっていった。

耐えがたいほどの疼きだ。これ以上傍にいると、本当にどうにかなってしまいそうだ。

「おい、大丈夫か？　どこか痛むのか？」

触れられた瞬間、躰がビクンと跳ねた。思っていた以上に、発情が進んでいるのかもしれない。

「……っ、さ……触ら、ないで……くださ……、——ぁ……っ！」

「おい、急にどうした？」

赤尾の手が、また躰に触れた。額に手を当てて熱を計っているだけだが、それすらも今の久白には愛撫のように感じられる。

「はぁ……っ」

「すごい熱だぞ。こんなに急激に体温が上がるなんて普通じゃねぇだろ。お前ら特有の病気じゃねぇだろうな。氷持ってきてやる。すぐに戻ってくるから待っ、――っ！」

行こうとした赤尾の袖を摑んだ。

「――ちが……っ、俺……っ、今……発情期、だから……っ」

「発情期？」

赤尾を見上げると、ギクリとした顔をされる。

自分がどんな姿を晒しているのか、わかった気がした。みっともないな……、と苦笑いしながらなんとか説明する。

「媚薬が……、自分にも……作用、することが……、……だから……しばらく……ほっといて……くだ、さ……、……収めます、から」

そう言って、再び躰を小さくした。自分を抱き締めるような格好になり、嵐が過ぎるのを隠れてじっと待つ野生の動物のように微動だにしない。限界なのだ。ほんのわずかな身動きにすら、肌が震えるほどの快感を覚えてしまう。

「自分でしたことねぇのか？」

「何……を……です……？」

「自慰だよ」

久白は答えなかった。

そういった行為は知っているが、自分でしたことはない。これまで一度もしたいと思ったことがないからだ。性的な欲望というのを、抱いたことはなかった。

身動き一つせず、ただ小さくなっている久白を見て何を思ったのか、赤尾は跪くと覆（おお）い被さってきて、縮こまる久白の躰を開かせようとする。

「ちょ……っ、何、する……ん」

「苦しいなら、自分で処理すればいい。俺もそうするぞ」

「……ッ……あ！」

状態を確かめるように中心に手を伸ばされ、甘く掠れた声が漏れた。

触れられただけで、躰の奥からすごい勢いで熱が湧き上がるのを感じた。それはあっという間に全身を包んでしまう。

だが、苦しいのとは違った。

全身が震え、下半身が蕩（とろ）けそうな感覚に見舞われて自分を制御できなくなる。快感と言うにはあまりにも衝撃的で、自分を保てない。

「俺も若い頃はすぐに勃起（ぼっき）してたぞ。恥ずかしいことじゃない」

「待……っ、……そこ……触ら……、……ぁ……あ」

「触んねぇと自慰になんねぇだろうが。ほら、自分でできるだろう。こうやって自分で握って……」

「赤尾さ……っ」

「！」

久白は、縋りつかずにはいられなかった。こんな刺激は初めてだ。赤尾の手が自分を狂わせるのがわかる。触れられたところから広がっていく官能。

「……それ……っ、……やめ、ないで……くだ、さ……っ」

こんなふうに懇願されて赤尾がどう思うかと考えても、自分を制御できない。もう限界だ。久白の躰はビクビクと震え、ほんのわずかな刺激にも反応していた。

「いいぞ、俺がしてやるから力抜け」

抱きついた首筋から赤尾の匂いが微かにして、また下半身が疼く。これが匂いに触発されるということなのだと実感した。久白たちの体臭は媚薬の効果があると言われるが、赤尾の体臭もまた、自分にとって情欲を刺激するのだと。

理性が役に立たなくなる。

（あ、……嘘……、……こんな……）

久白は激しい目眩を覚え、下半身の疼きに身を捩った。快感なんてものじゃない。全身が震えるほどの悦楽に身を沈めながら、久白は己の持つ体質故に心に浮かぶ懸念とも闘っていた。

ここで身を委ねてしまえば、後戻りはできなくなる。おそらく、赤尾以外の人間をつがいと認めることはできなくなってしまうだろう。この想いが成就しなければ、一生誰とも添い遂げられなくなる。

誰とも愛し合えないまま、一人で生きていく覚悟をしなければならないかもしれない。

久白は、赤尾を想うほどに腹の奥で迸るものを感じた。溢れるのは、自分自身をも惑わす媚薬。

赤尾が好きだ。だから、どんなに制御しようとも溢れてしまう。

今さら尻込みしても、遅い。きっと見つけたのだ。ただ一人の相手を……。

「いいか、何も考えるな」

その言葉に頷き、しがみついて与えられる愉悦をただ意識で追う。

（赤尾さん……）

自分の運命に赤尾を巻き込むことに、躊躇がないわけではなかった。しかし、一方的な想いなら、まだ赤尾を巻き込まずに済む。繰り返し躰を繋げなければ、赤尾に引き返す道は残せる。

そんな気持ちもあって、久白はかろうじて残っていた理性を手放した。

「ぁあ……ぁ……、……ッあ、……ぁ……あ……ぅん……」

あまりの快感に、爪先に力が入った。突っ張らせた爪先が、シーツを擦る。

目が合った。

涙で視界がぼやけている。涙が滲むほどの快感など、今まで味わったことがない。これ

ほど強く突き上げてくる劣情があったのかと、驚きを隠せなかった。

赤尾に見下ろされるだけで躰は火を放たれたようで、このまま灼熱に抱かれて燃え尽きるのではないかとすら思ってしまう。

「ぁあ……ぅん、……んぁ……あ……、……ッ……ふ、……ぅう……っく、……あ！」

「どうした？」

「変、なんです……、……すごく……変、……、……漏れ……そ……」

出したくて出したくて、けれども赤尾の前でそうすることはたまらなく恥ずかしくて、解放されたがる肉体をどう制御すればいいか戸惑っていた。

「大丈夫だ。出しちまえ」

耳元で囁かれ、久白はギュッと腕に力を込めて抱きついた。

「無理、で……す、……そんな……したこと……っ、――待……っ」

「いいから、そのまま身を任せりゃいいんだ」

耳元で囁かれ、ますます追いつめられていく。

いつも聞いているはずの声は、今は違って聞こえた。男らしく、しゃがれた声。理性は保っているが、冷静というわけでもない。欲望の片鱗も感じ、それが久白をより昂らせることになっていた。

「ほら、俺が見ててやるから」

煽るようなその言葉に触発されたのは、言うまでもない。優しいだけではない赤尾のやり方が、久白をあっという間に高みに連れていく。

「ぁあ……っ！」

小さな喘ぎとともに久白は下腹部を震わせて白濁を放った。

（あ……）

半ば茫然とし、躰を弛緩させた。下半身がだるくて、力が入らない。

「……何が、……俺が見ててやる……です……、……この……エロオヤジ」

かろうじてそう言っただけで、それ以上言葉が出なかった。赤尾が微かに笑ったのがわかる。今は何を言っても、勝ち目はない。

「グッときただろ？」

放ったばかりの躰は神経を剝き出しにしたかのように敏感になっていて、少し身じろぎしただけでもビクンと跳ねた。布団に身を横たえたまま、それが収まるのを待つ。

「待ってろ。今何か飲み物持ってきてやる」

頭にポンと手を置かれ、その温かさに心地よさを感じた。

久白を手でイかせたあと、赤尾はあと始末をしてから久白にアイスティを持っていってやろうと冷蔵庫の中を覗いた。レモンが残っていたため、それも出してスライスする。グラスに氷を入れながら、赤尾はつい今しがた見た久白の姿や久白から聞いた話を思い出していた。クジラが持つ『龍涎香』という媚薬を体内に宿す存在。人が人を狩るなんて信じられないが、嘘をついている様子は窺えない。

ずぶ濡れで帰ってきた時、久白からは抹香の香りがした。いつもより、少しだけ強く香っていた。それでも、香水など人工的なものとは異なる微香だ。

高貴で、淫靡な香り。

そのことだけでも、久白が特別な存在だとわかる。

そして、赤尾の手淫に戸惑う姿が頭から離れなかった。身を捩り、自分の中から湧き上がる欲望に耐えている姿には、運命に翻弄される者の苦しみも感じた。痛々しくも切なく、同時に艶めかしくもあった。

また、久白が溢れさせた先走りはまるでジェルのようで、普通の男のものとは違う。射精したものもそうだ。量が多かった。

数奇な運命を辿る久白を哀れに思い、深い愛情を感じた。自分が、楽にしてやりたい。そのためなら、淫らに発情する美しい男に奉仕するだけでもいい。助けてやれるなら、なんでもしてやりたい。

「ったく、厄介なもん拾っちまったな」

初めて久白が店に来た夜、何か感じたものはあったが、まさかここまで特別な事情を抱えているなんて予想外だ。けれども、後悔はない。

アイスティを持って部屋に戻ると、久白は壁側を向いて横になっていた。恥ずかしいのか、赤尾が部屋に戻ってきたのには気づいているようだが、頑なにこちらを向かない。

いつも翻弄されるほうだからか、バツが悪そうにしている久白が可愛く見える。

「落ちついたか？」

「赤尾さんが……あんなに強引だとは、思わなかったです」

声で、拗ねているのがわかった。落ちついたようで、安心する。

「ああでもしなきゃあ、楽になんねぇだろうが」

「まぁ……助かりました。あんなこと、初めてだったから」

「そうか。大変なんだな」

その言葉に、久白は振り向いて困ったように笑ってみせる。グラスを差し出すとゆっくり身を起こしてそれを受け取った。先ほど見せた嬌態が嘘のように、今は静寂を纏っている。久白が不思議な空気を纏っているのは、人ならぬ者だからだろうか。

しばらく沈黙に身を委ねていたが、ふとあることを思い出した。

「なぁ、久白」

「はい」

「あいつも、お前と同じなのか？　カフェで会ってた男。あいつも仲間だから、お前と同じ匂いがしたのか？」

「そうです。入江海人。俺の幼馴染みで、あいつも体内に『龍涎香』を持ってます。あいつは発情期を経験してるから、色々聞きたくて」

真実を知り、自分の愚かさに呆れた。

「情けねぇな」

「何がです？」

「嫉妬したんだよ。あいつがお前の匂いを漂わせてるから、てっきり……」

最後まで言わずとも、久白は赤尾の誤解を察したようだ。笑い、そして気がついたように赤尾を見る。つい嫉妬なんて言ってしまったが、告白したのと同じだ。

久白の視線が自分に注がれているのがわかる。何も言わないが、尋問される以上にその瞳は白状しろと訴えていた。しばらく知らん顔をしていたが、いつまでも視線を送り続けてくる久白に耐えきれなくなる。

「ああ、そうだよ！　お前に惚れたんだよ！」

つい怒鳴ってしまうが、久白が優しく笑うため言葉を失った。

「俺も」

サラリと、まるで天気の話でもするかのように返され、硬直する。固まったままの赤尾を見て、久白はもう一度言った。

「俺もって言ったんですよ、赤尾さん」

一気に顔が熱くなる。

「あ、照れてます？」

「さっきはあんなに可愛かったってのに、何を生意気な……」

「赤尾さんこそ、さっきはあんなにエロかったくせに」

いつもの久白に戻ったのを見て、安堵する。発情に苦しむ久白をあんなふうにイかせてよかったのかと多少なりとも疑問に思っていたため、こんなふうに軽口を叩く久白を見ているとあれは間違っていなかったと思える。

「でも、一時の感情で決めないでください」

「何をだ？」

「言ったでしょう？『擒』になるって。やり方を間違えば、二度と他の人とのセックスで快感が得られなくなるんです。普通に人を好きになるのと同じように考えないでください。それに、俺を追ってくる人間がいることも忘れないでください」

脅すような口振りに、久白がそれだけのものを抱えていると言われている気がした。それほど過酷な経験をしてきたのだと。

「怖がってんのはお前のほうだろう。俺はなんも怖くねぇぞ」

その言葉に、久白は答えなかった。赤尾を自分の人生に巻き込む覚悟がまだできていないといったところだろうか。

だが、赤尾の決意に少しは応えようと思ったのか、自分たちのことについて話し始める。

「海人は、『ガーディアン環境保護団体』の一員です。俺も一年前までいました。テロ行為に手を染めていた時期もあります」

「テロ行為って……お前、何をしたんだ？」

「クジラの保護」

口元に笑みを浮かべるその表情は複雑で、責める気にはなれなかった。

件の団体が、本来の目的から逸脱した破壊行為を行っているのは事実だが、久白も狩られる立場だ。濫獲される者たちを護りたいと思うのも、当然だろう。

その対象になったことのない者には、異論を唱える資格はないのかもしれない。

「わかってます。ただのテロリストと言われても仕方のない集団なのは、確かです。でも、利用価値はあった。護れた命もありました。俺は手を引いたけど、海人は俺よりつらい思いをしてるんです。だから、人間に復讐したいって気持ちもあって、いまだにあそこにいるんですよ」

「それで、公安が出てきたってわけか。面倒だな」

「でも、それより警戒しなきゃいけないのは、顔に傷のある男です」

久白の顔を、緊張が走った。口にしただけでそんな表情をするのだ。どれだけ警戒しているか、よくわかった。

「そういや、公安が来たって言った時に傷があったかどうか聞いたな。誰なんだ？」

「仲介屋です。闇ビジネスに手を染めていて、俺たちを狙ってます。ここに来る前も追われてて……捕まりそうで、なんとか海まで逃げて……」

ずぶ濡れで現れたのはそのせいだったのかと、出会った時のことを思い出す。

あの時はその美しさに見惚れたが、命を狙われて逃げていた。それなのに、海から人魚が上がってきたと思うなんて、呑気なものだ。

「ギリギリでした」

どんな状況だったのか想像すると、顔をしかめずにはいられなかった。

同じ人間を狩る連中がいるのだ。生きるためではなく、大金を得るために久白たちを狩り、闇に流す。しかも、久白たちを買う人間がいるからビジネスが成り立っている。

「心配するな。俺が護ってやる」

思わず自分の決意を口に出してしまった。

そして、男相手に『護ってやる』なんて言った自分が急に恥ずかしくなる。女扱いしたつもりはなかったが、好きな相手に危険が迫っているのなら護りたいと思うのは男として当然の心理だ。相手が男か女かなんて関係ない。

それが本音だが、久白にとってはそうではないだろう。

「俺、多分赤尾さんより強いですよ」

ニヤリとされ、完全にいつもの久白に戻っていることを悟った。

「悪い。そういうつもりは……」

言い終わらないうちに手首を摑まれ、躰がふわりと傾く。

「――っ！」

次の瞬間、赤尾は床に尻餅(しりもち)をついていた。

何が起きたのかわからず、ポカンとする。ゆっくりと顔を上げ、自分の前に立ちはだかる久白を見上げた。口元に微笑を浮かべながら見下ろしてくる久白は美しく、そして凜々(りり)しかった。

「ね？　俺のほうが強いでしょ？」

挑発的な視線に、また魅入られる。

久白に対して抱く気持ちが、女に対するそれとは違うのは確かだが、この強くて美しい男に護ってやると言ったのは失言だったことを改めて思い知る。むしろ、こちらのほうが護られてしまうかもしれないと思った。今のは、訓練を受けた者の動きだ。

最小限の力で、相手を倒す術を知っている。

「……本当に悪かった」

頭をガシガシと掻くと手が伸びてくる。それを掴んで立ち上がり、自分より目線の位置が低く、躰も細い久白を見下ろす。

本当に不思議だ。不思議で、そして目が離せない。

「そういや、喧嘩も強かったしな」

「ああ、あの時は仲介屋の回し者かもしれないと思ったから、手加減したつもりだったけど興奮しちゃって」

「お前の躰が傷だらけなのも、自分を狩る連中と闘ってきたからなんだな」

「まぁ、そんなところです」

強くならざるを得なかったと思うと、それも切ない気がする。

「信じてくれました？」

「まぁな。だけど、正直頭ん中が混乱してるよ」

頭では理解しているつもりでも、あまりに自分の日常とかけ離れているため、夢を見ているような気分なのも確かだ。今すぐにでも目覚まし時計が鳴って、ベッドの上で目覚めそうだ。そして、変な夢だったと苦笑いしながら布団から出る。

「お前、まさか俺をおちょくってんじゃねぇだろうな」

わざとそう言うと、久白は目を細めて笑った。

「じゃあ、証拠を見せてあげましょうか？」

「証拠？」

「俺は、何時間も潜れるんですよ。クジラみたいにね……」

久白が海の中を自由に泳ぐ姿を想像して、見たくなる。海に潜るのは好きだ。

「ダイビング、できるんでしょう？　夜の海は潜ったことないですか？」

「いや、たまに潜るぞ」

「じゃあ、明日にでも行きましょう。見せてあげます」

久白はそう言って、笑った。魅力的な笑みだ。

そして、また微かな体臭が鼻を掠めた。

いい匂いだった。


酸素ボンベを車に積み込み、久白とともに海へ向かったのは翌日の夜のことだった。

朝から仕込みや準備で大忙しだったが、なんとかすべて終わった。店の営業が終わって片づけもしたあとだったため、すでに真夜中を過ぎており、海岸沿いに人はいない。普段は船に乗って沖から潜ることが多いが、久白が海岸からでいいと言うので従うことにする。

人気のない海岸に車を停め、ウェットスーツに着替えた。準備が整うと、岩場のほうから海の中へと入っていく。

「お前はそれでいいのか？」

「ええ、ウェットスーツなんて俺には邪魔(じゃま)なだけだから。それに、こっちのほうが納得できるでしょ」

服を着たままの久白を見て、本当に大丈夫なのかと心配になった。いったんは信じたものの、やはり不安はある。もしかしたら心の病にかかっていてそう思い込んでいるだけかもしれない、なんて考えまで浮かんだ。

そうなら、溺(おぼ)れる可能性もある。

だが、久白の言葉を信じようと思い、万が一の時は自分が助けようと心に誓(ちか)ってマスクを装着し、レギュレーターのマウスピースを咥(くわ)えた。そして、久白に続いて海の中に潜っていく。

夜の海。

真っ暗で、静かだ。

水中ライトで照らすと、魚たちが泳いでいるのが見えた。海底の砂の中から、鰈(かれい)が目を出しているのがわかる。岩場の陰に姿を隠す者。擬態する者。様々だ。

久白のほうにライトを当てると、自由に泳ぐ姿が確認できた。

楽しそうに、泳いでいる。

本当にこのまま沖に向かっていいのかと思いながらついていった。水深が六メートルほどの場所まで来ると、久白の言葉を信じないわけにはいかなくなる。

(すごいな……)

一度も息継ぎをせず、ここまで来た。水中の久白は、生き生きしている。その姿は見惚れずにはいられないほど神秘的で、まるで夢でも見ているようだった。

人魚だ。

赤尾は、そう思った。

水中で優雅に泳いでいる姿は、おとぎ話に出てきた人魚を思わせる。

髪が水中で靡いており、その動きをより滑らかに見せていた。久白から目が離せなくて、必死でついていく。取り憑かれたように、追った。

こうして久白と泳いでいると、時を忘れた。ずっとこうしていたいと思った。

しばらくそうしていたが、ふとその周りを小さな光が取り囲んでいるのに気づく。

夜光虫だった。

潮に運ばれてきたのだろう。久白の躰の周りが時々光っている。物理的な刺激を与える

と青く光るプランクトンで、波打ち際で見ることができる。今は、久白の躰に触れるたびに光を放っていた。

赤尾はライトを消した。すると、夜光虫の放つ光がよく見える。

まるで青い衣を身に纏って踊っているようだ。

あまりに美しい姿に、赤尾はその様子を眺めていた。久白が、さらに複雑な動きで海の中を移動する。

暗い海と青く光る夜光虫。人魚のモデルはジュゴンだと言われているが、本当は久白やその仲間たちなのではないかと思った。この姿を見れば、人魚だと誤解してもおかしくはない。

綺麗だ。

純粋にそう思った。こんなに美しい生き物は、見たことがない。目に焼きついた光景は、二度と忘れないだろう。

感動すら覚えた。

しかし、そんな時間にも限りがある。酸素ボンベの残量が少ないことに気づいて、久白に戻ろうと合図した。もう少し見ていたかったが、そういうわけにはいかない。

久白が大きく頷いて陸のほうへ泳ぎ始めると、並走する。

夢のような時間だった。

陸に上がると、赤尾はゴーグルとマウスピースを外した。振り向くと、久白が後ろからついてきている。全身ずぶ濡れの姿を見るのは、これで三度目だ。

濡れた久白が綺麗なわけが、わかった気がする。あれほど生き生きと泳ぐのだ。水を得た瞬間、その美しさが際立っても不思議ではない。

「これで、わかりました？」

「ああ。納得したよ。お前の言ってることは、本当なんだな」

もう疑いの余地はないと、白旗を揚げる気分で言った。

自分は海の中に三十分潜るためにこれだけの装備を揃えなければならないが、久白は躰一つでいいのだ。不思議な存在だということがすんなりと受け入れられる。

久白は、きっとクジラなのだ。海の中で生き生きと泳ぐ姿から、そう思えてきた。

凶暴な海の肉食獣。強くて、気高くて、美しい。

久白は、本当に特別なのだと……。

あの幻想的な光景が、頭から離れない。

赤尾は車に戻り、ウェットスーツを脱いで着替えた。振り返ると、久白はまだ海の中だった。膝の辺りまで浸かり、遠くのほうを眺めている。後ろ姿すら美しく見えた。

降り注ぐ月の光が、目に映るものを幻想的に見せている。

「なぁ、久白」

「はい」

「そんなに海が好きか？」

「ええ、戻ってきたような感じがするんです。懐かしいっていうか。海の中で生活してたことがあるわけじゃないのに、不思議ですよね」

赤尾が波打ち際ギリギリまで歩いていくと、久白も戻ってくる。

「マッコウクジラが深海まで潜れるのは、筋肉に酸素をため込めるからだって聞いたことがある。お前は、本当に……クジラなのかもな」

「さぁ、どうですかね。自分でも、自分が何者なのかわかりません」

「綺麗だった」

本音を口にしてしまい、久白に笑われる。

初めて出会った時と同じように、濡れた髪やその先から滴(しずく)を滴らせている様子はどこか誘っているようで、赤尾はフラフラと海に入っていき、久白の頬に手を伸ばして唇を重ねようとする。意外にも、久白は素直に応じた。

「ぅん……っ」

久白の鼻にかかった甘い声に、欲望が湧き上がってくる。

つい先ほどまで海の中を泳いでいたあの美しい男とこうしているのが信じられなかった。今、自分の腕の中にいると思うと堪えきれない。

相手が男だとか関係なかった。ただ、自分の気持ちに素直になっただけだ。いったん唇を離したが、もう自分をとめられない。

「ん……っ、んぅ……っ、……ぁ……ふ」

砂浜に押し倒し、久白の肌に唇を這わせると、ほんのりと抹香に似た香りがした。上品で、それでいて淫靡な感じのする匂いだ。人工的な香りでないそれは奥ゆかしく、だからこそ男の欲望を刺激する。

「ぁ……、赤尾さん……」

久白の中心も反応しているのがわかった。股間を押しつけると、はっきりと久白の猛りを感じる。

「なんだ、反応してるじゃねぇか。まだ、躰が疼いてんのか？」

「あの……っ」

久白は戸惑っていた。

普段とは違う表情に、男を刺激される。いつも翻弄される側だからか、自分のほうが優位に立っている気がして、もっと恥ずかしがらせてみたくなった。

首筋に顔を埋め、その匂いに我を忘れる。

「ああ……っ」

さらに、舌を這わせた。滑らかな肌をなぞり、ゆっくりと噛む。海から上がったばかりだというのに、舌に触れたのはどこか甘さを感じる危険な味だった。

耳元で久白が熱い吐息を漏らしたのが聞こえる。もっと聞きたくて、手で脇腹を撫で上げた。

「待……っ」

「――っ」

胸板を強く押し返され、我に返る。

「悪い。嫌だったか？」

「いえ、そうじゃなくて」

頬に浮かんだ紅潮は、明らかに欲情の証だった。そこに、嫌悪は浮かんでいない。自惚れではなく、久白もこの行為に同意してくれていたとわかる。

「赤尾さんは……本当にいいんですか？」

まっすぐに見据えられ、息を呑んだ。

「覚悟はできてるんですか？」

脅すように言うのは、久白が特別な体質を持っているからだろう。

一度その味を知ると、どうなるか――。

媚薬を体内に持つ久白を抱いて、本当にいいのかと聞いているのだ。自分の運命に巻き込むことを恐れている。

今ここでそんなふうに意志を確認せずにはいられない久白を目の当たりにすると、背負わされた運命の重さを見せつけられた気がした。特異な体質が招く悲運。どんな思いで今まで生きてきたのだろうと思うと、腹立たしさや、憐憫（れんびん）や、いとおしさが一気に押し寄せてくる。

そして、久白を想う気持ちがより強くなった。

「ああ、覚悟くらいしてるさ。俺の覚悟なんて、お前の経験してきたことに比べりゃ薄っぺらいもんかもしんねぇがな」

「赤尾さん……」

「気持ちが冷めた時のことを考えて、人を好きになったことはねぇんだよ。だがな、後悔だけは絶対にしない。お前とやらなきゃよかったなんて、そんなふうに考えるくらいならこんなことはしない」

言葉で伝えられることには、限りがあるだろう。そう思うが、今は自分の気持ちをそのまま口にするしかなかった。飾り立てるのではなく、ただ思っていることだけを誠実に言葉にする。

するとそ久白は困ったような、それでいて嬉しそうな顔でこう言った。

「……知らないですよ」

波が、すぐそこまで押し寄せていた。

せっかく着替えたのに、足元がびしょ濡れだった。満潮が近づくにつれて、波はもっと押し寄せてくるだろう。だが、濡れた久白の姿はあまりにも艶めかしくて、このままここで抱きたいと思った。海に浸かっていると、久白の魅力が引き出されるようだ。

「……ぁ……ぁ」

久白の体臭が強くなった。いつも仄(ほの)かにしか香らないが、今はむんとするほど漂ってくる。高貴で、それでいて淫蕩(いんとう)な感じがするそれは、本能を刺激してくる。

「赤尾、さ……」

潤んだ瞳で見つめてくる久白は、恐ろしく色っぽかった。普段の久白を知っているだけに、こんな姿を晒してしまうなんてと、赤尾は驚きを隠せない。

「ぁ……」

Tシャツをたくし上げると、引き締まった肢体が目の前に現れた。

青白い月の光だけで見るそれは白さが際立つ。背後から聞こえる波の音が、海から上がってきた特別な存在を自分のものにしようとしているという気持ちにさせる。

ザザァ、ザザァ、と寄せては返す波。

同じ調子で聞こえてくるそれは、赤尾を自分たちの世界へと深く誘う。

「俺は、本気だぞ」

背中にもだが、脇腹の辺りにも傷があった。白い肌に浮かぶ傷痕は、久白が己を狩る者から身を護ってきた証だ。

痛々しいが、同時に艶めかしくもある。傷痕にそそられてしまう自分をとめられない。媚薬の効果が自分に及んでいるのか、久白は激しい疼きに翻弄されているとでもいうように身を捩った。湧き上がる劣情に耐えようとしながらも、躰を反り返らせて、注がれる愉悦を少しでも味わおうとしている。

苦しそうにする姿もまた、赤尾を昂らせるものでしかない。

下着の中に手を忍び込ませて屹立を握ると、また久白の躰がビクンと跳ねた。顕著な反応が嬉しい。

「赤尾さ……あの……俺、どうなるか……わからないです」

「お前のことなら、全部、受け止めてやるよ」

軽く笑い、初めての経験はいい記憶として残してやりたいと丁寧な愛撫を心がける。しかし、次第に赤尾自身も追いつめられていくのがわかった。

久白の匂いを嗅いでいると、我を忘れそうになる。夢中になる。

した。

甘い体臭だけではない。唾液や汗にも媚薬の成分が含まれているかのように赤尾を獣にした。

（あ、くそ……、すげぇな）

欲望が奥から突き上げてくるようだ。たぶん今自分は血走った目をしているだろう。

「ぁあ、……赤尾さ……」

「なんだ？」

「駄目、です、……触らな、……で……、まだ……」

本気で嫌がっているとは思えず、赤尾は久白の中心をやんわりと扱き始めた。すると、唇の間から嬌声が溢れてくる。

潤った唇が喘ぐのを見ていると、たまらなくむしゃぶりつきたくなった。赤い唇の間から前歯の先がチラリと見え、その奥にある舌が覗いた瞬間、凶暴な気分になる。

「ぅん……ぅ、……んんっ、……ん……ふ」

唇を奪い、嚙みつくように激しく貪った。ひとたびそうすると自制できなくなり、胸のところでツンと尖る突起を親指の腹でグリグリと搔き回した。

「ぁあ……ぁ……、……赤尾、さ……、痛……っ、……ぁあ……ぅん」

執拗にそこを責めると、久白の声がいっそう艶めかしく濡れる。首を振って喘ぐ久白をもっと悶えさせたくて、胸の突起に吸いついて舌先で転がした。硬く尖ったそれをノックすると、応えるようにさらに身悶える。

久白の奥にある淫蕩な血が、自分を求めているのがわかった。貪欲で淫らな、いとしい獣。

また、溢れる先走りは昨日手で愛撫した時よりもさらにねっとりとしていて、潤滑油のようだった。躰が赤尾と繋がろうとしているとしか思えない反応だ。

相手が男なら、男を受け入れる躰に変化するのだろうか。

もっと踏み込んでいいと言われている気がして、赤尾は久白が溢れさせたものを塗った指で蕾を探った。

「ぁう……っ、はぁ、……ぁあ……ぁ、……ぅう」

じわりと指を埋め込むと吸いついてくる。柔らかくほぐれ、卑猥に収縮し、中から先走りと似た体液がじんわりと溢れてきた。まさに蜜壺のように、手のひらがしっとり濡れるほど溢れてくる。

久白は、紛れもなく男だ。

傷だらけの躰。引き締まった躰。喧嘩も強かった。数人に囲まれても怯むどころかあっさりと地面に沈めた。護ってやると言った赤尾に片手だけで軽く尻餅をつかせたのは、昨日のことだ。まともにやり合ったら、まず勝てないだろう。

そんな久白が、自分の愛撫に触発されて女のように濡れるのだ。そのギャップがたまらない。強くて美しい男の心は、自分にあるのだと信じられる。

「挿れていいか？」

そう言い、返事を聞かないうちにズボンをずらして屹立を取り出した。先ほどからずっと久白を喰いたがっているそれをあてがい、腰を進める。

「ぁあっ！」

苦痛と快感の狭間で揺れる久白の姿を眺めながら、ゆっくりと挿入していく。

「あ……っ」

久白が溢れさせるものが、尿道にじわりと染み込んでくるのがわかった。熱く、むず痒いような感覚だ。ひとたびそうなると、体液は尿道を刺激しながら次々と押し入ってくる。

それは、驚くほどの快感へと変わっていった。

「……っく、はっ、……はぁ」

「あぁ、あ、赤尾さ……、……ぁあ……ぁ、……ぅう……っく、……んぁ……あ！」

久白の蕾が淫らに自分を呑み込んでいくのを感じながら挿入していくのは、たまらない快感だった。内側と外側の両方から刺激されるのだ。

熱に包まれた自分の屹立が、激しく脈打っているのがわかる。

（なんだ、これ……）

ただの体液とは思えなかった。赤尾の屹立は凶器のように硬くそそり勃ち、いつもより一回りも二回りも大きくなっているようだった。その分薄く伸ばされた表皮が刺激を敏感に伝える。自分の奥から力が漲ってくるのが、感じられる。抑えようにも、抑えられない激しい衝動。

このまま激しく腰を動かして、久白を犯したい。

「どうだ？　痛く、ねぇか？　……ぁ……っく」

「……痛く、な……、ッあ……んぁ……っ……っく、もっと……来て、くださ……っ」

激しくしてくれと訴えられ、たがが外れた。一方的な行為でないとわかった途端、自分をセーブできなくなる。

「久白……っ」

獣と化した赤尾は、突き殺さんばかりに腰を動かした。

「ぁあっ、あっ、あっ、やっ、あっ！」

「すげぇぞ、お前の中……っ、おかしく、なり、そうだ」

「俺も……っ、俺も……っ」

突き上げるたびに久白の中からまた体液が溢れ、尿道を通って赤尾の体内に容赦なく入ってくる。まるで久白を満足させるために、より雄々しさを求められているようだ。

久白の体臭はさらに強くなり、強烈な芳香に噎せながら夢中になった。

人を狂わす匂いだ。

「ぁ……、……駄目……、赤尾さん、……もう……っ」

久白は堪えきれないとばかりに、そう訴えてきた。赤尾のほうも限界で、今すぐにでも絶頂を迎えそうだった。

「俺も、イく、……お前も……」

「……赤尾さ……ぁ……、来てくださ……、早く……っ」

射精を促すように強く締めつけられるが、同時に体液はまだ赤尾の中に入ってこようとしていてそれを阻止しているかのようだった。放ちたいのに、放てない。焦らされる。その苦しみにも似た快感は、赤尾を凶暴な獣に変えた。

簡単に自分のものにならない獲物を完全に組み伏せる悦びは、どこか倒錯めいている。

「そう、簡単には……っ、イかせてくれねぇってか？」

「……ぁ……あ……ぁ、……は……っ、……おねが、……早く……」

「わかってるよ」

切実に訴えてくる久白に、これが本人の意志とは関係ないものなのだとわかった。なんて厄介な体質だろうと思う。

「いいぞ、ぶっ放してやる」

さらに腰を使って絶頂を目指す。

「……んぁ、ぁ……あ……、はぁ……っ、あ、あ、――ぁぁあぁ……っ！」

侵入してくる体液を押し戻すようにして、赤尾は久白の中に自分を放った。すると、久白も白濁を迸らせる。痙攣しながら零すそのさまは、卑猥だった。また、その量は驚くほど多く、そのことに対して妙に興奮する。

未知の存在。同じ人間のはずなのに、こんなふうに違う部分を見せられると、交わってはいけない相手のようにすら感じる。禁忌というスパイスが、欲望を刺激した。

赤尾は自分の胸板を濡らしたものを手のひらで拭い、まじまじと眺めた。

波が、迸ったものを洗い流していく。

形容しがたいほどの強烈な快感だったが、欲望は収まることなく熱は再び襲ってきて、赤尾は再び自分が獣と化すのを感じた。

「まだ、……足りねぇ」

「俺もです……、も……、……っかい」

求められ、今度は赤尾が下になって久白を跨がらせた。

Tシャツを剥ぎ取り、足に絡まったままの衣服をすべて脱がせて全裸にさせる。久白を下から見上げながら、腰に手を置いて前後に揺らした。

「ぁあ……ぅ、……ぅう……っく、……んぁ……あ」

濡れた髪や砂まみれの躰が、やたら色っぽかった。雲の向こうに消えたり再び現れたりする月に照らされた姿は、この世のものとは思えないほど美しい。

陸に上がってきたクジラの化身を抱いている――そんな思いすら抱き、また気持ちが高揚した。

久白の先端から溢れた蜜を、指で掬って口に運ぶ。舌先がジンと痺れるような感覚があったあと、それは舌全体へと広がって熱になった。喉を通って体内に入っていくのがわかる。躰の奥に、炎が宿ったようだ。

同じことを久白にすると、さらにはしたなく乱れていく。自分自身が出したものにすら翻弄される――なんて罪深い躰だろう。

「ッ……ふ、……ぁあ……ぁ……、……ぁあ……っ」

躰をくねらせながら自ら腰を動かして赤尾を喰らう姿から目が離せなくて、喰い入るように見つめてしまう。欲深い久白を下から見上げていると、どこまで乱れるのか知りたくなった。

全部、さらけ出させたい。

その奥に隠している劣情を曝きたい。

「はぁ……っ、ぁあ……ぅ……ん、……ぁ……ぅう……ん、……んぁ……あ……」

夢中で腰を振る久白を凝視しながら、自分もまた深いところへと溺れていく。

「……すげぇ……、……なんだ……この……感じ……、……っく」

「俺の……中……、……どう、……です、か……、……ぁう……っ」

「……久白……、……いいぞ……、すごく、いい……」

「俺も……です……、俺も……」

「……っ、……っく、……お前、こんな……っ、……っく、……はぁ……っ」

目を合わせ、見つめ合いながら、そして互いを確かめながら行為を続ける。

「はぁっ、久白……っ、……好きだぞ、……お前が、……好きだ……」

「俺も……っ……俺も、です……っ、あ……、……ぁあ……っ、……はぁ……っ」

ゆさゆさと激しく揺さぶり、尻を掴んで強く揉みしだきながら奥を突く。肌に指を喰い込ませると、久白の肉体が応えるのがわかった。

もっと強く、と全身で訴えてくる。

「ここか？」

「そこ……、……そこ……っ、……ぁう……っ、……も……イき、そ……っ」

「俺も、だ……っ、……っく」

歓喜に噎せる久白の姿。

より激しく腰を突き上げ、乱れさせる。

赤尾が絶頂に向かっているのが、その動きからわかったのだろう。久白はまるで誘うように限界を訴えた。

「はぁ、ぁあ……っ、……もう……っ、あ……、……あ……、――ぁぁあ……っ！」

久白が下腹部を震わせた瞬間、赤尾もまた久白の体液を押し返しながら絶頂を迎えた。

二度も射精し、躰はくたくただ。自分の心臓の音が、やたら大きく聞こえる。

だが、何度久白の中を濡らしてもなお収まらなかった。むしろ、悪化している気さえする。こんなに収まらないものなのかと、驚きを隠せない。

「お前もか？」

二人は激しく息をしながら見つめ合った。そして、どちらからともなく唇を寄せ、再び愉悦の中に身を投じる。

「はぁ……っ、……赤尾、さ……、……まだ……駄目、……まだ……終わらない……で……くだ、さ……、も……いっか……い」

「わかってるよ」

繋がったまま、体位を変え、今度は後ろからやんわりと突いた。久白の白い背中が、うねるように動く。薄暗い夜の砂浜に白く浮かび上がっているそれは、あまりにも艶めかしく、そそられた。傷だらけだが、それさえも欲情を煽るものでしかない。

傷痕を舐めると、声をあげて悦ぶ。

「……はぁ……あ……、……ぁあ……ぅん……、……ぁ……っふ」

舌で肩胛骨（けんこうこつ）をなぞり、傷痕をついばむ。

砂を掴む久白の手に手を重ね、指を絡ませてしっかりと繋いだ。心も繋がっていると言いたかったのかもしれない。握り返してくる久白に、独りよがりでないと感じてそのままたリズミカルに久白に欲望をぶつけた。

「好きだぞ、久白……っ、ちゃんと、好きだからな……っ」

「ぁあ、あ、ぁあっ、……俺も、です……っ、俺も……っ」

獣じみた吐息とともに想いを注ぐと、何も疑うことはないとばかりに腰を反り返らせて尻を高々と上げる。もう、言葉など必要なかった。

求め、求められ、本能に身を任せる。

その夜、二人は明け方近くまで互いを求め、幾度となく欲望を放った。

3

久白との一夜が明けると、爽やかな空が広がった。

自分のベッドで目を覚ました赤尾は、隣で寝ている久白を見て、昨夜のことが夢でなかったのだと実感した。

躰には、かなりの疲れが蓄積している。体力には自信があったが、何度イったか数えきれないくらい久白を抱いたのだ。さすがに疲れ果てている。性欲が一番旺盛だった頃でさえ、一晩にここまで何度もセックスをしたことはなかった。

しかも、海に潜ったあとだ。海から戻ったあとにも、バスルームとこのベッドで一戦交えた。我ながらよく体力がもつものだと思う。これも久白の中にある媚薬の効果なのだろうと思い、こちらに背中を向けて寝ている久白の顔をそっと覗き込む。

(気持ちよさそうに寝てやがるな……)

貪欲に求めてきた昨夜の久白は、片鱗ほども見られない。むしろ、性欲などとは縁がなさそうで、清らかさすら感じる。整った横顔は、久白が神秘的な存在であると言われても納得できた。

欲にまみれた人間とは、違う存在なのだと……。

そんなことを考えながら久白の寝顔を眺めていると、微かに抹香に似た香りがした。久白の甘く危険な体臭。

無垢（むく）なようで、同時に見る者を激しく魅了する。

本当に厄介なものを拾ったなと思うが、それすらも幸運だと受けとめている自分がいることに気づく。どんな事情を抱えていようが、出会えてよかった相手だ。

その時、閉じられていた久白の瞼（まぶた）が微かに震えた。

「ん……っ」

「起きたか？」

「……赤尾さん」

うっすらと目を開けた久白に見つめられ、このままもう一度のしかかりたい衝動に駆られたが、さすがにこれ以上求めるわけにはいかないと理性を働かせる。

「今、何時です？」

「そろそろ五時だ。俺は仕入れに行くから起きるが、お前は寝てろ。今、水持ってきてやる」

ベッドから下り、下着を身につけたあと一階に下りてグラスにミネラルウォーターを注いで戻ってきた。久白は身を起こしていたが、まだベッドの中にいて完全に目が覚めていないような顔をしている。

「ほら、平気か？」

「赤尾さんは、元気そうですね」

「当たり前だ。今日も店開けるからな。仕込みもこれからだ。お前は夜までちゃんと躰を休めとけ」

「赤尾さんは化け物ですか」

照れ隠しだとわかる言い方がむしろ心地よく、赤尾はベッドに座ると水を飲む久白をじっと眺めた。こうしているだけでも、満たされる。

「……なんです？」

注がれる視線に居心地が悪く感じたのか、久白が怪訝そうな顔をする。

「すまん。見られるのは嫌か？」

「いえ、別にそういうわけじゃ」

「お前、本当に普通の人間とは違うんだなと思ってな。海であんなふうに泳げるのもそうだが、セックスもだ。よかったぞ。驚くほどな。闇で売買しようとする連中がいるのも、納得できたよ」

久白は、じっと見つめてきた。身構えるでもなく、ただ赤尾の言葉を受けとめようというのがわかる。

今は誠実に自分の気持ちを伝えるべきだと思い、誤解されないよう一つ一つ慎重に言葉を選んだ。

「正直、すごい経験だった。あんだけやってもまったく衰えねぇし、それどころかますます力が漲ってくる。抑えられなかった。終わりがなくてな」

「それは、俺もですよ。俺が誘ったんだし」

赤尾一人のせいじゃないというように、苦笑いしながら久白が言う。

そんな顔をさせたくて言ったのではないと思い、考えた。どう説明すればいいのかわからず、頭を乱暴に掻き回す。必死で絞り出した挙げ句に出たのは、お世辞にも品がいいとは言えない言葉だ。

「まぁ、あれだ。好きになった女とつきあえるようになってセックスしたら、名器だったってのと同じだ」

これが一番近いと自信満々に言った。だが、久白はポカンとしている。

赤尾にしてみればこれ以上なく今の状況を言い表しているが、久白の反応は予想とは違うものだ。

「なんだよ？」

「……言うことがオヤジです」

呆れた目を向けられ、反論のしようがなかった。

確かに、オヤジの発想だ。『名器』はさすがにまずかった。だが、他にいい説明が見つからなかったのだ。言葉巧みに誰かを口説いたこともなく、自分の気持ちを伝えるのは苦手としている。

急に恥ずかしくなり、じわじわと顔が熱くなるのを感じた。

その反応がよかったのか、久白は肩を震わせて笑った。

よほどおかしかったのだろう。しばらく待ってもまったく収まらない。あまりに笑うため、思わず大声をあげてしまう。

「オ、オヤジ上等だ！　俺は俺だからな。お前もだ。躰の中に何を持ってようが、普通の人間じゃなかろうが関係ない。お前はお前だ」

久白の笑いが、ピタリととまった。意外そうに、じっと見つめてくる。

「なんだ？」

「いえ……」

「どうせ俺を巻き込みたくないとか思ってんだろう？　俺が『擒』になるのが怖いのか？」

その顔を見て、図星だとわかる。

「お前がもうセックスしたくないと言うなら、俺は一生オアズケでもいいぞ。そのくらいの気持ちはあるからな。発情期で苦しいならこの前みたいにやってやる」

本気だった。

久白が望むなら、二度とできなくてもいい。久白を抱いたのは、興味本位でセックスドラッグに手を出すような気持ちとは異なるものだ。確かに、媚薬の影響は受けたし、そのおかげで信じられないほどの快感も得られたが、それが目的ではないのだから……。

「赤尾さんが奉仕するだけですか？」

「ああ、それでもいいぞ。本当だからな。俺は、修行僧のようにただただ奉仕することに専念してやる」

赤尾の言葉に、久白は考え込むような仕草をした。

「疑ってんのか？」

「いや、修行僧って……、それに、自分だけそんなふうにされるのも軽く変態っぽいんですけど」

「じゃあどうすりゃいいんだ？」

そう聞くと、久白は視線を落として考え込んだ。そして、静かに言う。

「赤尾さんの覚悟を疑ってるわけじゃないんです。でも、『擒』になったら本当に二度と他の人と愛し合うことができませんよ。味気ないものになります。やっておきながら言うのもなんですけど、もう一度だけ考えてください。あともう一度だけ冷静になって、一歩下がって……」

そこまで言って不意に赤尾を見上げると、挑むような目で続けた。

「普通の人間じゃない男を一生の相手にしていいのか。俺を狙う人間もいるんですよ。奴らはどんなことでもする。巻き込まれることもある。店を手放して逃げなきゃいけないかもしれない。普通の生活を手放さなきゃならないかもしれない。そういうことまで、ちゃんと考えて欲しいんです」

慎重すぎる久白の姿勢に不安がることはないと言いたくなるが、そこは堪えた。赤尾が考える以上に、久白が背負うものは大きい。不安もそうだろう。

それならもう一度自問し、本当にこれでいいのか考えることも久白に対する誠実さだと思うことにした。久白が言うように、店を失った時のことや普通の生活ができなくなった自分を想像してみる。そのうえで、ちゃんと判断する。

「わかったよ。お前の言うとおりだ。一生を左右することにもなるからな。もう一度ちゃんと考えてみるよ」

「すみません」

「謝るな。俺はそろそろ行くぞ。帰ったら飯の支度（したく）するから、それまで寝てろ。無理するなよ」

空になったグラスをその手から奪い、躰を休めるよう促した。すると、遠慮がちに言う。

「じゃあ、お言葉に甘えてあと少し寝ますね」

「おう」

迷い、ガラじゃないと思いながら再び横になった久白の額にキスをした。

「おやすみ」

そう言い残して、部屋を出ていく。

それから赤尾は、久白を置いて魚介類の買いつけに市場に行った。一晩中抱き合い、求め合った躰は起きた時こそ疲労がたまっていると感じたが、こうして一度行動を始めると意外にも重くない。

市場はいつもの光景が広がっていて、妙な気分だった。久白たちを売買する闇ビジネスの話や久白の体質、どれもが現実味を失う。頭ではわかっているが、今まで知らなかった世界があることを教えられたからといってすぐに実感できるわけではない。やはり、どこか現実味がなかった。だからこそ、久白もあんなふうに本当に自分でいいのか考えろと慎重になっているのだろう。

それだけ久白を取り巻く事情が特殊なのだと、改めて思った。

(店を失うこともある、か……)

ここまでコツコツと積み上げてきたもの。手放したくはないのは、確かだ。

それから赤尾は、店で使う材料を仕入れ、久白のためにイカを多めに買った。イカを食べるその姿を思い浮かべ、きっと喜ぶぞなんて心を浮き立たせる。

車に荷物をつめ込んだ赤尾は、帰りに田端の店へ向かった。店で出す野菜はいつも届けてくれるが、朝食用が冷蔵庫になかった。

「よぉ」

「あ、赤尾さん。今日はめずらしいですね」

店内は狭いが、新鮮な野菜が数多く並んでいた。サラダ用の野菜をいくつか見繕ってカウンターに置く。

「朝飯用ですか？」

「ああ。パンがあったからな、目玉焼きでもして、あとはシーフードサラダを作ろうと思ってな」

「いいなー。『傳』のシーフードサラダ旨いですもんね。……あ、そうだ。丁度よかった」

田端は思い出したように言うと、抽斗の中を漁り始めた。そして、目的のものを見つけると、それをカウンターの上に置く。

名刺だった。

「俺の高校時代の友達がですね、テレビ局に勤めてるんですよ。それで、情報番組で穴場的な店を紹介するコーナーをやってるんですけど、どこかいい店知らないかって聞かれてですね、赤尾さんの店のことをついしゃべったんですよね」

「旨い店って言ってくれたのか？」

「そうそう。もし取材していいならって言われたんですけど……」

預かっていた名刺を渡され、受け取った。

確かに、テレビで取材されれば客は増えるだろう。儲けも増える。だが、今くらいが丁度いいと思っている赤尾にとって、収入が増えることより、客の満足度を上げることのほうが大事だった。

今のまま客が増えれば、おそらく手が足りなくなる。

そして何より、あまり目立つことはしたくないというのが本音だ。今ですら、久白を店で働かせている。それだけ他人の目に触れるということだ。

しかも、久白は妻子持ちのヘテロにすら雰囲気のある人だと言わせるのだ。

注目されでもしたら、仲介屋の耳に入らないとも限らない。久白を捜している公安に見つかる危険も、大きくなる。話を聞くだけだと言っていたが、久白が実際に『ガーディアン環境保護団体』にいたことから、楽観していい状況ではないのは確かだ。下手をすれば、逮捕なんてこともあり得る。

「ありがたいが、俺と久白の二人だけだからな。急に客が押し寄せてきたら対応できん」

「あ、やっぱり？　そうじゃないかとは思ってました。すみません、余計なお世話」

「いや、こっちこそ折角のありがたい話だってのに、悪いな」

そう言って、赤尾は店を出た。

車に乗り込み、ため息をつく。考えるのは、これまでどおりでいいのかということだ。

いっそのこと裏方の仕事だけしてもらうという手もあるが、逃げ隠れしながら、怯えながら一生を過ごさせるつもりかと思うと、それも憚られる。

海の中を自由に泳ぐ久白の姿を見せられ、背負わされた運命の重さを知ったが、できるだけそのことを忘れさせてやりたい。穏やかに生活する権利は、誰にだってある。

その時、駅に向かう人混みの中の一人に目がとまった。

「――っ！」

一瞬、心臓に冷水を浴びせられたようになり、息を呑む。

すぐに車を停車させると、赤尾は飛び出して今見た男を捜した。しかし、その姿はどこにもない。

顔に傷のある男。スーツに身を包んでいた。

話でしか聞いたことがない。顔のどこにどんなふうに傷が入っているかも知らない。

けれども、一瞬感じたぞっとするような感覚は、決して無視できるものではなかった。

（どこだ……？）

しばらく辺りを見回したが、サラリーマンの姿も多く、見たはずの男を再び見つけることはできなかった。気のせいだったかと思うが、車に飛び乗る。

ハンドルを握ったまま前を睨むようにして車を走らせ、その可能性について考える。

仲介屋に久白の居場所がばれているとしたら――。

久白は強い。いとも簡単に尻餅をつかされた経験のある赤尾は、それを体感でわかっている。それでも危険を感じずにはいられなかった。

本能が何かを訴えているかのように、説明のつかない焦燥(しょうそう)が赤尾にアクセルをグッと踏み込ませる。

「久白！」

店に着くと、買ってきたものもそのままに、すぐに自分の部屋に向かう。

赤尾の部屋のベッドで寝ていたはずだが、もぬけの殻だった。頭の中で最悪のケースが次々と浮かび、茫然とする。

「久白！　久白っ！」

「赤尾さん、なんです？」

「……っ！」

「どうしたんですか？　そんなに血相変えて」

久白はシャワーを浴びたらしく、頭からバスタオルを被っていた。短パンとTシャツというラフな格好だ。リラックスした表情に、赤尾も安堵する。

「もう起きたのか？」

「ええ。でもちゃんと休みましたよ。何かあったんです？」

「ああ、いや……戻ったらお前がいないから、消えたかと思ってな。お前、ふらっとここに来たから、いつか黙って消えちまいそうな雰囲気があるぞ」

無駄に不安を煽るだけだと、顔に傷のある男のことは黙っておくことにした。見間違いや人違いの可能性も高い。

「消えませんよ。それより、買い出し行ったんでしょ？　荷物は？」

「車の中に置きっぱなしだ」

「じゃあ、俺取ってきます」

久白はすぐに下りていき、車の中から荷物を運び出した。軽々と肩に担いで片手で持ってくる姿は、護る必要などないと言っているようだ。自分の身を護るだけの強さは、ちゃんと持っている。

「荷物、ここでいいですか？」

「ああ」

久白は店の厨房に入り、魚介類の入った発泡スチロールのケースを置いた。蓋を開けた途端、氷と一緒に詰められた魚介類を見て思わずといった感じで久白は声をあげる。

「あ、イカ」

本当にイカが好きだなと思い、嬉しそうに箱の中を見ている久白に言った。

「朝はシーフードサラダを作ってやる。好きだろ？」

「大好物です。イカいっぱい入れてくれるんでしょ？」

「ああ。大サービスしてやるぞ」

それから二人で卵を焼き、パンを焼いてサラダを作り、コーヒーを淹れた。朝食の準備が整うと、店のテーブルに運んで向かい合って座る。

「いただきまーす」

シーフードサラダのイカから手をつける久白を見て、ぶれない奴だと笑った。旺盛な食欲は、まさに獣といった感じで見ていて気持ちがいい。一人の食事には慣れていたが、今はこの時間を手放せなくなっている。

「あ、このイカ美味しいです」

「当然だ。俺が自分の目で見て買いつけてきたんだからな」

目の前で美味しそうに朝食を頬張る久白を見ながら、この日常を永遠のものにしたいと赤尾は心底思うのだった。

顔に傷のある男を見たのは、たった一度だけだった。

あれから身の周りで妙な人物を見るようなことはなく、不穏な空気も感じなかった。やはりあれは見間違えたのだと思えるようになってきて、次第に思い出すことも少なくなっていった。

何ごともなく、ただ穏やかな時間が過ぎていく。

同じような毎日だが、充実していて、何物にも代えがたい。普通をこれほど大事に思ったことが、今までにあっただろうか。

ただ、一つだけ心配なことがあった。

久白が、時々発情して苦しんでいるようなのだ。発情期がどのくらい続くのかわからないが、このところ久白の様子は明らかにおかしい。ふとした時に漂う抹香の香りが、これまで以上に淫靡なものになっている。客や他の誰かに指摘されたことはないが、一緒に暮らしている赤尾にはわかる。

久白は、セックスをしたことがないと言っていた。一晩かけて何度も躰を繋げたことで、久白の中の何かが変わったのかもしれない。たとえばリミッターが外れるように、抑えが利かなくなった可能性も考えられた。

もしそうなら、その責任は赤尾にある。

その日、仕込みを終えた赤尾は、休憩しようとして久白の姿をずっと見ていないことに気づいた。一緒に昼食をとり、片づけをしたあと、軽く横になってくると言って部屋に戻ったきりだ。

酒類の瓶は補充してあり、仕事はきちんとこなしているため、あまり気にしていなかった。急に心配になり、二階に向かう。

「起きてるか？」

赤尾は、久白の部屋の前から声をかけた。返事はない。出かけた気配はしなかったと思い、ドアノブに手をかける。

「入るぞ」

久白はいた。布団の上で、丸くなっている。頭までタオルケットに包まれていた。寝ているのかと近づいていくと、ゆっくりとこちらを向く。

タオルケットの間から見える目許が、紅潮しているのがわかった。

「平気か？」

久白は答えなかった。熱っぽい目をしている。風邪などで具合を悪くしているわけではないのは、明らかだ。

傍に跪き、どんな状態なのか様子を窺う。

「どうした？　苦しいのか？」

「別に……」

「自分で処理しろって言っただろ」

「もうしました」

見ると、ゴミ箱の中に丸めたティッシュが入っていた。赤尾の視線に気づいたのか、久白はバツが悪そうにまた背中を向ける。

「収まんねぇのか？」

またダンまりだ。

しかし、口に出して言えというのもデリカシーがないと思い、こんなのはたいしたことないとばかりの態度で言う。

「もうすぐ夜の営業だ。そのまま店に立てるのか？　休んでてもいいぞ。お前が急に堪えきれなくなって客でも襲ったら大変だ」

「そんなことしませんよ」

「収まんねぇなら、収まるまでやりゃいいんだよ。自慢じゃねぇが、若い頃は俺も猿みたいだったぞ。握ってねぇ時間のほうが短いんじゃないかってくらいにな」

大袈裟に言い、久白を覆っているタオルケットを剝ぎ取った。

「いいから見せてみろ」

「ちょ……っ、何……、する……、……っ」

手首を軽く摑んだだけで、久白がびくつく。

ふわりと漂う淫靡な体臭。

おそらく、感じているのだ。肌が敏感になっている。ただ触れただけでも快感を伴うほどの劣情に見舞われている。

「いいから、じっとしてろ」

脚を開かせると、中心は硬くなっていた。膝が小刻みに震えている。自分で処理したばかりだろうに、これでは確かにつらいだろう。

「……こんなにしやがって」

「大丈夫、ですって」

「どこがだ。後ろは弄(いじ)ったか？」

「それ、セクハラですよ」

少し拗ねたように言う久白を見て、してないな……、と軽くため息をつく。

「そのまま待ってろ」

赤尾はいったん立ち上がって自分の部屋に行き、軟膏(なんこう)を手に戻ってきた。バツが悪そうにしていた久白の視線が、手元に注がれる。まるで野生の獣が警戒しているかのようで、罪悪感を感じた。

何も取って喰おうなどというつもりはないが、他に方法を知らない。

「何するつもりですか。いいですよ、そこまでしなくて」

久白は起き上がると、タオルケットを握って後退りした。その様子に牡の欲望を刺激されてしまう自分に呆れながらも、久白のために奉仕しろと己にきつく言い聞かせる。

「黙って言うことを聞け。開店したら、店にかかりっきりだからな。そうなってからお前の状態が悪化してもなんもできねぇぞ」

跪き、さらに後退りする久白に手を伸ばした。

「ちょっと……、……ぁ……っ」

強姦のような真似にならないよう、久白が本気で嫌がっていないか反応を見ながら慎重に行為を進める。

「隠してていいから」

タオルケットで躰を包んだまま、その中に手を忍ばせた。

やはり限界だったようだ。自分でしたと言ったが、たかが知れている。性的なことに未熟だと薄々感じてはいたが、どうやら当たっているようだ。

狩られ、世の中の闇を知っていて随分と世間ずれしているようだが、こっちはさっぱりだと思っていたほうがいいだろう。でないと、傷つけてしまうかもしれない。

「恥ずかしくねぇから、任せろ」

軟膏を指にたっぷりと塗って滑りをよくすると、久白の短パンと下着をずらした。小振りの尻は形がよく、自分がここに屹立を突き立てた時のことを思い出してしまう。男の尻だとわかっているのに、そそられる。

赤尾は双丘を両手でやんわりと割った。そして、その奥にある蕾を指で探り当てる。

「ぁあ……ぁ……っ、……ぅう……ん、……あぁ……」

赤尾は蕾をほぐし、焦らすようなゆっくりとした動きでそこを刺激した。すると、海で抱き合った時のように、潤滑油に似た体液が溢れてくる。軟膏など必要ないほどたっぷりと。抱かれるために躰が変化しているようだ。

自分の欲を満たすことしか頭にない連中には、絶好の獲物だろうと納得する。

「はぁ……っ、……赤尾さ……っ、……ぁあ……ぅん……」

「痛くないか？」

「……っ、平気、です……、——ぁ……っ、……ぁあう……ん」

ずっと我慢していたのか、一度そうすると信じられないほど艶めかしい声をあげた。もっとしてくれとばかりに、そして苦しそうに、淫らに身をくねらせる。タオルケットの中に手を突っ込んで手探りで愛撫しているだけだが、むしろ一方的に奉仕することが倒錯じみた行為に感じられた。

もっと乱れさせたくなる。

「はっ、ぁ……、……ッふ」

声をあげまいとシーツに顔を埋める久白を眺めていると、いとおしさが込み上げてきた。望んだことではないだろうに、厄介なものを抱えて生きている久白がいじらしく思えたのかもしれない。

「はぁあ……っ、……ぁあぅ……ん、……ぁあ……ぁ……っ！」

久白の匂いが、強くなった。

甘く淫らな香りがする。全身で欲しいと訴えてくる。

「赤尾、さん……に……っ、……こんな、……こと……させて……」

「気にするな。指、増やすぞ」

「ぁ……っ！」

二本に増やし、より快感を得られるように出し入れした。蕾は指に吸いつくように柔らかくほぐれていく。そして、きつく収縮を始めた。絶頂が近いことに気づいて、さらに軟膏を足した。

「赤尾さん、……ぁう……っ、……ぅ……あ……ぁ……」

ビクビクッと躰を震わせながら、あっけなく射精する。指を抜こうとしたが、まだ欲しがっているのがわかり、そのまま続ける。

「あと一回くらいイっとけ」

「はぁあ……っ、……ぁう……っ、……はぁ……あ……っ、……ッふ、……ふ……ぁ」

刺激が強すぎるかと思ったが、久白は思いのほか淫らに赤尾の愛撫にひれ伏した。自分の指を噛んで声を殺そうとしているが、唇の間からわずかに覗く舌先がやたら色っぽくて、赤尾は必死で自分の中の獣を抑えた。

（くそ……）

理性が崩壊しそうだった。今すぐ、欲しがるこの若い牡にのしかかって自分の欲望を突き立てたいと思った。

だが、駄目だ。目の前の久白の姿にそそられた勢いで抱くなんて、久白を道具としか扱わない連中と同じだ。

何度もそう言い聞かせながら、再び絶頂を迎えるまで目の前の牡に尽くす。ほどなくして切羽（せっぱ）つまった声を漏らしたかと思うと、びくびくっ、と躰を小さく痙攣させるようにして、久白はまた白濁を放った。

躰を弛緩させるのがわかり、とりあえず満足したとわかると終わりにする。

久白が溢れさせたものでびっしょりと濡れた手をティッシュで拭いて綺麗にしていると、久白が申し訳なさそうに小さく言った。

「……すみません」

「いいよ、俺も結構楽しんだぞ。それより、仲間に連絡取れるか？」

「どうして、です？」

「お前のことについて、色々聞いたほうがいいんじゃないか？　発情期なんだろ？」

「もう聞きました。薬で抑えられるけど、専門の知識がある仲間がいないから、どうしようもないんです」

「そうか」

己の中に存在する媚薬の効果に翻弄される久白が、不憫(ふびん)だった。逃げられない運命に、どう対処していいのかわからないでいる。

「落ちついたか？」

「興奮しました」

「ははっ、それもそうだな」

久白は笑った。冗談を言えるなら、心の余裕は取り戻したと思っていいだろう。

「シャワーを浴びろ。あと三十分で開店だ」

そう言って子供にするように頭をポンと置いて撫でると、久白は照れ臭そうに笑う。

「ありがとうございます。楽になりました」

「そうか。ならいい。今日もこき使ってやるからな」

落ちついたのか、そのあとは普段どおりだった。淫靡な体臭も収まり、すれ違った時に微かに鼻を掠める程度に落ちつく。

客は誰も、久白が特別であることに気づいていない。相変わらず若い女性客の視線を集めているが、それ以外特に気にしなければならないことはなかった。

そして七時半になる頃、田端が同じ歳の頃の女性を連れてきた。黒髪のショートカットで目が大きく、小動物のような愛らしい女性だ。

「こんばんはー」

「お、いらっしゃい。今日はめずらしいな」

「今日は友達と。あ、久白さん。こんばんは～」

「こんばんは」

ペコリと頭を下げる彼女を見て、田端の本命だなと直感が働く。久白もそれがわかったのか、観葉植物が隣に置いてある奥の席に案内した。目立たない席のため、多少いちゃついても周りに気づかれない。

よくわかってやがる……、と思わずニヤリとした。

久白が注文を取って戻ってくると、赤尾は田端たちの様子を見ながらそっと耳打ちする。

「お前、あっちはいいぞ。田端の料理は俺が運ぶ」

「え、なんでです？」

「連れの彼女がお前に気ぃ取られでもしたら、あいつに悪いだろうが」

いつも女性客の視線を集める久白は邪魔な存在になりかねないと、気を回したつもりだった。だが、久白はあっさりとそれを否定する。

「大丈夫ですよ。あの子、俺に興味ないから」

「謙遜（けんそん）するな」

「謙遜じゃないですよ。ああいうタイプの子って、ちゃんと見てるから」

そう言って、久白は二人のほうを見た。いい雰囲気だ。友達の域を出ていないとわかるが、未来を期待させる。

久白の言ったとおり、久白が料理やワインを運んでも、田端の連れの女性が久白に興味を持った様子はなかった。田端との会話を楽しみながら食事をしている。二時間ほどで二人は帰っていったが、最後までいい雰囲気だった。

営業時間を過ぎたあと、片づけをしながら若い男女のことを思い出し、床を掃いている久白に声をかける。

「お前の言ったとおりだったな」

「え……？」

「田端の連れだよ。自分には興味ないって言っただろう。なんでわかった？」

「なんとなく。そういうのってわかるでしょ。言葉じゃ説明できないです」

その時、店のドアがノックされた。表のドアは鍵をかけ、『close』の札も出しているが、窓から漏れる灯りで人がまだいるとわかったのだろう。だが、閉店しているとわかっていてわざわざノックするなんて、ただの客ではない。

「すみません、もう閉店で……」

ドアを開けた赤尾は、入ってきた男たちの姿を見て固まった。以前にも店に来た、公安の人間だ。男たちの視線が、店内を掃除している久白に向けられる。

「久白眞人さんですね？　お話を伺いたいので、ご同行願えますか？」

手帳を見せられた久白は、あっさりと観念した。掃除道具を置いて、促す男たちと一緒に外に向かう。

「おい、ちょっと待ってくれ！」

思わず引き留めようとすると、久白を連行しているのとは別の男が前に立ちはだかり、低く威嚇するように言う。

「この前来た時は、知らないって言いましたね。あなたを連行することもできるんですよ」

「それは……っ、あの写真じゃはっきりわかんなかったんだよ！」

「そういうことにしておきますので、これ以上は我々に楯突かないほうがいい」

「……っく！」

ただ見ていることしかできない自分が歯痒くて奥歯を噛み締めるが、久白は振り返って優しく笑う。

「大丈夫です。ちゃんと戻ってきますって」

その言葉を信じたかったが、そうするには久白を取り巻く事情があまりにも複雑だった。

久白が車に乗り込むのをただ黙って見ていることしかできず、これほど不甲斐なく思ったことはなかった。

久白が連行されたあとは、何も手につかなかった。

店の片づけもせず、椅子に座って次々に浮かぶ憂うべき可能性を否定しては、また湧き上がるそれに心を乱される。話を聞くだけと言っていたが、久白に何かの容疑がかかっていると思ったほうがいいのかもしれない。

しばらく一人悶々としていたが、このままじっと座っていても埒が明かないと、久白のスマートフォンを探しに二階に向かった。仕事が終わってすぐ連れていかれたため、置いていっているはずだ。

部屋に入ると、敷きっぱなしの布団の枕元にそれは置いてあった。迷いもせず、手を伸ばす。緊急時だ。プライベートを覗くことに躊躇はなかった。

せめて一緒にいた入江という男には、連絡したほうがいいだろう。

だが、手がかりになるようなものは何一つなかった。アドレス帳に名前はなく、メールも残っていない。着信履歴や発信履歴もそうだ。

専門的な知識を持っていれば、一度消したメールを復元したり履歴を復活させたりすることもできるだろうが、そんなコネはないし、スキルのある人間を悠長に探している暇もなかった。

連絡の手段は、本人たちにしかわからないようにしている可能性が高い。久白が『ガーディアン環境保護団体』にいたのは過去のことだが、入江が今もそこに在籍しているというのなら、連絡手段も慎重にしているだろう。

「くそ……。なんもわかんねぇか」

ため息をつき、ようやくノロノロと店の片づけを始めた。なんとか一人で終わらせ、二階に上がる。だが、夜食をとる気にもなれなかった。

テレビをつけると丁度ニュースが流れていて、それをぼんやり眺めた。先週起きた殺人事件や、水難事故、そして交通事故のニュースが流れる。

『午後十一時四十分頃、国道沿いを走る警察車輌にトラックが追突し……』

画面を見ると、車が横転している映像が映し出されていた。トラックの運転手は軽傷だったが、警察車輌は横転し、炎上。中にいた捜査官二人の死亡が確認されている。

「――っ！」

二人の写真が映り、久白を連行した男たちだと気づいた。だが、連行されたはずの久白の情報が、まったく報道されない。まるで初めから乗っていないかのようだ。

久白が、消えた。

赤尾は愕然とした。

事故のゴタゴタの中で、逃亡したとは思えない。そんなことをしても、また追われるだけだ。久白は賢い。そのくらいのことは、わかるだろう。

だが、本人の意志とは無関係にどこかへ連れていかれたのだとしたら……。

最初からいなかったことにすれば、どこへ連れていこうが相手の自由だ。足もつきにくい。久白が恐れる仲介屋なら、そのくらいのことはしそうだ。

（──久白……っ）

赤尾は急いで車に乗って事故現場に向かった。店から三十分ほどの場所で、すでに人だかりができている。野次馬が近づきすぎないよう警察官が警備しているが、赤尾のところから見えた現場の様子は、事故が凄まじいものだったことを物語っていた。

警察車輌は大破。トラックも前半分がぐちゃぐちゃに潰れている。野次馬を捕まえて聞くと、トラックの運転手はドラッグでも決めていたかのように目は虚ろで、涎を垂らしていたという。

「脱法ドラッグやってたんでしょ？　意味不明なことを叫んでたって。怖いねぇ」

いかにも仲介屋が使いそうな手だと思い、久白が今どんな状態なのか想像した。売買が目的なら殺しはしないだろうが、大怪我を負っている可能性もある。

（いったい、どこに連れていかれたんだ……）

赤尾は、全身から血が抜けていくような感覚に見舞われた。現実とは思えない。信じたくない。

「くそ……っ」

店に戻り、もう一度久白の仲間と連絡を取る手段はないか部屋を探すことにした。

車に飛び乗って今来た道を戻っていく。そして、店が見えてくるとドアの近くに人が立っているのがわかった。暗くてよく見えないが、赤尾の車に気づいてじっとこちらを見ている。

「――っ！」

久白が戻ってきたのだと思い、急いで車を駐車場に入れたが違った。けれども、その目には救世主のように映ったのは間違いない。

いたのは、入江海人だった。

「お前……っ、入江海人だろう？　久白の仲間だな」

「相当慌ててるな」

「当たり前だ！　あいつが連れていかれたんだよ。しかも、あいつが乗った警察車輌が事故に遭った。捜査官二人が死んだニュースは見たか？」

「ああ。前にも公安が来たのは聞いてる」

「他にもう一人乗ってたっていう情報は一切ない。あいつの存在が、消されたってことだ。

現場を見てきたがひどい事故だった。大怪我を負っているかもしれない」

入江は、落ちついた態度で赤尾の話を聞いていた。その様子を見て、自分が混乱していると気づいて深呼吸する。

「わかってるよ。多分、仲介屋が絡んでる。眞人を受けとったあと、口を封じたんだろう」

「あいつを連れていったのは、公安だぞ？」

「金で買収すれば、末端の捜査官が情報を流すなんてめずらしいことじゃない」

「警察でもか？」

「ああ。仲介屋の顧客は金を持ってる連中だ。俺らを手に入れるためなら、いくらでも出すよ。金に糸目はつけない。人間だ。刑事だろうが医者だろうが、金に目が眩む奴ってのはいる。それに、多分眞人は無事だから安心しろ。死なれたら金にならないからな。眞人は事故の前に引き渡されてるはずだ」

久白が無事らしいと聞いて、膝から力が抜けるようだった。

落ちつき払った態度に、この男はこれまで何度も似た経験をしてきたのだとわかる。久白もだ。普通の人間はしない経験を数多くし、危険を掻い潜ってきた。

「俺らのこと、聞いたんだろ？」

「ああ。あいつが話してくれたよ」

「あんたを信用していいのか？」

「お前らを売る気なら、とっくに売ってる。俺は、あいつが帰ってくりゃいい。他には何も望んじゃいない」

入江は、それもそうだとばかりにふっと笑った。

「店に入れてくれよ。いつまで立ち話するつもりだ？」

「そうだな。悪かった。入ってくれ」

店を開けると、飲み物を出してカウンター席に座る。

「あいつの存在がなかったことにされたのは、公安の人間が眞人のことを上に言わずに連れていったってことだよ。そりゃそうだ。仲介屋に引き渡すつもりで連行したんだからな。それもわかってて、事故を偽装して捜査官を殺した」

「知ってる人間は少ないほうがいいってことか」

「ああ。あいつらはそうやって秘密を守ってきた。これからも奴らは、俺らを狩るためなら人を殺す。仲介屋は金で人を雇って使うこともあるが、そいつらには俺らについての詳しい情報は与えてないだろうな」

聞けば聞くほど厄介な相手だ。

資金はある。人を殺すことになんの躊躇もない。常識の通用しない相手だということだけは、確かだ。

「仲介屋の輸送手段はわかっている。前にも俺らの仲間が何人も連れていかれたからな」

「そうなのか」

「ああ。眞人もそこに連れていかれてるはずだ」

それを聞いて少し安心した。居場所がわかるなら、助けに行けばいい。

「言っとくが、警察は駄目だぞ。どこにどんな人間が紛れ込んでるかわからない。公安だって金のために汚いことをするんだ。結局、殺されたけどな」

「わかってるよ」

「あいつのためだに、命を捨てられるか？」

「当たり前だ」

即答した。

それに満足したのか、入江は不敵な笑みを漏らした。少しは信用してくれたようだ。

その時、入江から久白と同じ抹香の香りが漂ってきた。あの時と同じだ。移り香だと思って、嫉妬心を燃やした。思い出して、苦笑いする。

そして、気づいたことがあった。

同じ匂いのはずなのに、久白のそれとはどこか違う気がした。久白から漂う匂いにはそそられるが、目の前の男には何も感じない。ただ、抹香の香りがするという事実があるだけだ。それ以上でもそれ以下でもない。

それが不思議で、息を吸い込んで匂いを確かめる。

「なんだ？」

「お前も『龍涎香』を持ってるんだろう？」

「当たり前だ。俺とセックスでもしたいのか？」

「冗談抜かせ。誰がお前とやりたいっつった」

「じゃあなんだ？」

「同じ匂いのはずなのに、どこか違う。不思議だと思ってな」

その言葉に、入江は少し驚いたような顔をした。クールな印象の男が初めて見せた、素直な感情だ。

「匂いの違いがわかるのか？」

「やっぱり違いがあるんだな」

そう言うと、軽く笑ってみせる。

「ああ。体臭ってのは人それぞれだろ？　それとおんなじだよ。俺らを道具にする連中にはわかんねぇけどな」

「正直、あいつの匂いにはそそられるが、お前のはただの匂いだ。抹香に似た匂いがするってだけでな。まぁ、俺にそそられても困るだろうが」

グラスの中の氷が、カランと鳴った。

ペリエの炭酸が、氷を撫でるように上がっていく。それを見て、久白と海に潜った時のことを思い出していた。人魚が踊っているような美しい光景。夜光虫の光を纏い、自由に海の中を泳ぐ姿。

必ず取り返してみせると心に誓う。

欲望のために久白たちをおもちゃのように扱う人間のもとへは行かせないと。

「俺らの匂いをそこまで嗅ぎ分ける奴は、めずらしい。ただし、顔に傷のある仲介屋もその一人だ」

「そうなのか？」

「ああ、普通の人間には、そう簡単に嗅ぎ分けられない。でなけりゃ俺らはとっくに狩られてる。発情期じゃなけりゃあ、ほとんど匂いはしないからな」

「俺は鼻がいいんだよ」

「それだけか？」

「俺も特別ってか？　だったらお前らを狩るための道具にされるかもな」

嗤い、自分たちの強い意志を確認するように互いに目を合わせる。

「あいつは、多分あんたに本気だ」

「だといいがな」視線を合わせ、ペリエを口に運んだ。

「なぁ、あいつを抱いてやったか？」

「——ぶ……っ」

思わず噎せてしまい、何を言い出すんだと入江をジロリと睨んだ。てっきりからかっているのかと思ったが、意外にもその表情は真面目で、ふざけているようには見えない。

「あいつが、今発情期だってのは知ってるか？」

「ああ」

「俺たちの発情は、普通の人間と違う。アルコールに誘発されることもあるんだよ」

それを聞いて、以前久白が下戸だと言ったのを思い出した。なるほどそういうわけだったのかと思い、酒も好きに飲めないのかと厄介な体質に同情する。

「それともう一つ、誰かに惚れると発情する。心に反応して、媚薬の効果が強力になるんだ。それは、相手をつがいだと認めたってことだ。俺らは、つがいと認めた相手以外とのセックスは苦痛でしかない」

「おい、ちょっと待て。なんだって？　あいつの発情は、俺のせいだっていうのか？」

「やっぱり知らなかったんだな」

入江は鼻で嗤った。そして、覚悟して聞けとばかりにこう続ける。

「俺たちは一度そうと認めてセックスすると、二度と他の人間とはつがいになれなくなる。選ぶ相手を間違うと、一生誰とも結ばれなくなるんだよ。情が深いからな。俺たちが誰かとセックスするってことは、それほど覚悟がいることなんだ」

知らなかった。

久白がそれほどの覚悟を持って自分に抱かれたなんて、気づきもしなかった。

そして、海で久白が見せたあの嬌態。

赤尾をつがいと完全に認めたということだろう。赤尾以外の人間とはもう結ばれないと確定したも同じだ。

それでも赤尾のことを思い、もう一度考えろと言った。引き返す道を残した。そのために、この大事な事実を隠した。

もしそれを教えたら、責任感から久白と一緒にいるとでも思ったのだろうか。

「あいつ……黙ってやがったな」

久白に対して、怒りを感じた。

もしここで赤尾が普通の生活を捨てられないと言ったら、一体どうするつもりだったのか。一人で耐えるつもりだったのか。残りの長い人生、誰と愛し合うこともなく生きるつもりだったのか。

そう考えると、あの男の頭をはたきたくなる。いや、ゲンコツくらい喰らわせてやらなければ収まらない。

赤尾の顔を見て、入江はニヤリと笑った。

「なんだ、もうやったのか」

「ああ、やった。やったが、そんなことは知らされなかった。俺がお前らで言うところの『擒』になるってことの意味と、そうなった時のことしか言ってくれなかったぞ」

「それでそんなに怒ってんのか」

「当たり前だ。くそ、一人で背負い込みやがってあの小僧」

怒りに任せて言うと、入江は、ふ、と軽く笑ってこう続けた。

「あいつと離れる気がないなら、あいつの発情を収めてやれ。俺らの発情は厄介だ。だけど、あんたがあいつ以外考えられないってんなら問題はない。満足するまで何度も抱いてやりゃ、状態は落ちつくよ」

チラリと入江を見た。必ずそうしてやれよ、と目が真剣に訴えている。

無事に助け出したら、存分に抱いてやる。そして、大事なことを黙っていたお仕置きもしてやる——心の中で強く誓った。

そうすることで、目の前に立ちはだかる現実に尻込みしそうになる心を奮い立たせているのかもしれない。

相手は、金持ちと取引している。闇で商売する悪党は、金にものを言わせてなんでもするだろう。おそらく、多少のことなら揉み消すことも可能だ。

これから向かうのは、そういう相手なのだ。中途半端な覚悟では、対峙(たいじ)できない相手。

だが、そんな連中のいいようにはさせない。

赤尾は、そう強く心に誓った。

その頃、久白は車で運ばれているところだった。気を失っていたが、微かな振動に目を覚まし、辺りを見回す。躰のあちこちが痛くて、顔をしかめた。

（ここ……どこだ……？）

真っ暗だが、目が慣れてくるとどういう場所なのかわかってくる。

おそらく、コンテナの中だろう。しかも、久白は檻に入れられていた。大型の動物を入れるような檻だ。おまけに両手両足は縛られ、鉄製の首輪をつけられていて鎖で檻に繋がれている。念の入れように、自分がここから逃げ出すことがどれだけ困難なのか痛感した。油断していたことを、後悔する。

赤尾のところにいて、気が緩んだのかもしれない。追われ続ける生活に、いつも危険に対するアンテナを張っていた。それを、忘れていた。

だが、それほど赤尾のところが居心地がよかったのだろう。

「う……っ」

身を起こすと、全身に痛みが走った。そして、ここに連れてこられるまでのことを思い出す。

車が走り出して赤尾の姿が見えなくなる頃、久白はいきなり手錠をかけられた。そして、布で鼻と口を塞がれて気を失った。布に薬品を染み込ませてあったらしい。次に目を覚ました時、目の前にいたのは捜査官ではなく、仲介屋だった。

『やっと捕まえたよ』

そう言われた時に抱いたのは、絶望感だ。

公安の捜査官と仲介屋は、裏で繋がっていた。おそらく金を掴ませ、久白を引き渡すよう取引していたのだろう。

公安を使うなんて、考えたものだ。

久白が『ガーディアン環境保護団体』にいたことに目をつけ、同じ相手を追う者を利用したのだ。久白や入江にターゲットを絞っていたわけではないだろうが、その仕事の性質上、情報を入手しやすい立場にいるのは確かだ。

公安を使うなんて、考えたものだ。

その時、ガチャガチャと音がして扉が開いた。明かりが差し込んできて、暗がりに慣れた目を刺激する。

「よぉ、お目覚めか？」

コンテナの扉を開けたのは、顔に傷のある男――仲介屋だった。

これまで幾度となく狙われた。何度もその手から逃れてきた。だが、今回は失敗だ。とうとう捕まってしまった。

ここまでしつこい相手は、初めてだ。

「やっと捕まえたぞ。手こずらせやがって」

左の揉み上げから顎にかけての深い傷は、危険な狩りをしてきたからだろうか。いつ見ても引き攣って歪んだ顔は、その内面を映し出しているようでゾッとしない。

仲介屋はゆっくりと近づいてくると檻を摑み、久白の首から伸びている鎖に手を伸ばした。

「――ッぐ！」

鎖を強く引っ張られ、躰を檻にぶつける。睨むが、そんなことをしたくらいでは、この男は何も感じない。

仲介屋は、久白の首の辺りに顔を近づけ、鼻を鳴らして息を吸った。

「ああ、いい匂いだ。世の中の金持ちどもが喜ぶぞ。お前は上玉だ。きっと高く売れる」

「……クソ野郎」

「そんな口を叩いていられるのも、今のうちだ。そのうち泣いて許しを乞うことになる」

髪を摑まれ、上を向かされる。ニヤニヤと笑いながら自分を見る仲介屋の目に、サディスティックな色を見た気がした。仲介屋を生業とする理由は、金だけではない。誰かを狩り、虐（しいた）げることが愉（たの）しみの一つだという顔をしてる。

「こうして見ると、確かにお前らってのは見た目もいいのが多いな。俺が今まで捕まえてきた奴は、男も女もみんな美形だった。先月捕まえた奴なんてな、ゾッとするほど美しかったぞ。かなり高値で売れた」

売られたと聞いて、顔をしかめる。

こんなことがあっていいのかと思った。特異な体質を持っているだけで、ここまで踏みにじられなければならない理由などない。

「こんなことをずっと続けられると思ってるのか？」

「思ってるさ。全力でサポートしてくれる。金もコネも使ってな」

とは、全力でサポートしてくれる。何せ俺の顧客はセレブだからな。自分が欲しいものを手に入れる人間のこ

勝ち誇ったような笑みに、悔しさが込み上げてくる。できることなら、ここで首をへし折ってやりたい。

「アルコールで発情するんだろ？　ほら、飲んでみろよ」

「ぐ……っ、……ぅ……ッふ」

ビール瓶の口を無理矢理唇の間からねじ込まれ、中身を注がれる。弾みで唇が切れ、血の味がした。抵抗したが、為す術もなく口の中にビールが入ってくる。飲むまいとしたが、

喉の奥に入ってきて咳き込んでしまう。

「ゴホゴホ……ッ、――はぁ……っ、……っく、……はぁ……っ」

「あっはっはっは！　いいざまだ！」

鎖を手放されて男の傍から離れるが、すでに体内にアルコールが入ってしまった。

「どうだ？　躰が疼き始めたか？　ほらみろ。見た目もそうだが、こんなふうに発情をコントロールできるってことは、お前らは人間を愉しませるために生まれてきたってことなんだよ。運命ってやつだ。受け入れろ」

床に倒れ込み、躰に起きる変化に歯を喰いしばって耐える。

「どんなに強くなっても、アルコール一つでこんなふうに抵抗できなくなるってのは不便だよなぁ」

「……っく」

久白は身を捩った。少し身動きしただけでも、肌を擦る布地の刺激に声をあげそうになる。

「はぁ、……ぁ……っ、……っく」

この躰が恨めしかった。なぜ、この男の前でこんな屈辱(くつじょく)を味わわないといけないのだろうと思う。遊ばれ、見下されなければならない覚えはない。

唇を噛み、屈しないとばかりに仲介屋を睨んだ。

「そうそう、その目だよ。そういう目で睨まれると、愉しくなる。もっと睨め。だがな、覚えておけ。お前らに人権なんかねぇんだからな」

そう言って、仲介屋は檻に蹴りを入れた。ドォォン、と鈍い音が響く。

「不完全な人間のくせしやがって！」

憎悪すら滲ませ、自分を見下ろす仲介屋の目はあまりに冷たかった。自分とは違う者を排除しようとする、危険な思想を抱いている。人間の歴史を辿ると、幾度となく迫害という事実が浮かび上がってくる。この男を前にすると、それもわかる気がした。人間の本性。人が持つ闇。

しかし、自分を受け入れてくれた赤尾の言葉を思い出す。

『躰の中に何を持ってようが、普通の人間じゃなかろうが関係ない。お前はお前だ』

あの言葉を思い出しただけで、無意識に笑みが浮かんだ。躰を疼かせる己の中の媚薬に苦しみながらも、心が温かくなる。少しだけ、楽になる。

（赤尾さん……）

久白は、あんなふうに言ってくれる人もいるのだと胸に刻んだ。そして、気持ちを強く持つ。

必ず仲介屋の手から逃れて、あの場所に戻るのだと。戻って、また赤尾の店で働くのだと……。

普通の生活を、あれほど楽しんだことはなかった。もう手放せなくなっている。知ってしまった幸福の味は、二度と忘れられない。

赤尾はリュックにロープやナイフなどをつめ込んだあと、店のドアに臨時休業の貼り紙をしてから、入江とともに久白を救出するために車に乗り込んで移動を開始した。すでに日付は変わっており、道路は空いている。

入江の指示どおり車を走らせた先は、港だ。船で国外に連れ出されるのだという。

「こっちだ」

車を降り、入江のあとについていく。

フェンスで囲まれた向こうに、貨物船が停泊しているのが見えた。多くのコンテナが積み上げられていて、大型のフォークリフトなどがあるのもわかる。輸出入の拠点の一つだ。

ここに、久白がいる。

身が引き締まる思いがした。

「どの船だ？」

「急ぐな。慌てなくても大丈夫だよ」

　そう言って入江は、フェンス沿いに歩いていった。その先に、出入り口らしきものがある。許可証がないと、入れないようだ。

「おい、中に入れるのか？」

「俺を誰だと思ってる。俺にだって多少のコネはあるさ。買収できるのは、何も仲介屋だけじゃないぞ。いいから黙ってついてこい」

　そう言われ、久白を助けたいあまり気持ちが急いていたことに気づいた。こんなことでは、いざという時に冷静に対処できない。

　落ちつけ……、と自分に言い聞かせ、細かいことを聞くのはやめて無言で入江に続いた。

　一度出入り口の前を通り過ぎたあと、さらに歩いて物陰に隠れるよう指示される。かなり遠くまで来た。しばらくするとトラックが来て、二人のいるすぐ近くに停まる。入江が運転手に目配せしたあと、荷台の扉を開けて中に入った。赤尾も、すぐに続く。

　扉を閉めると外から施錠され、トラックは再び走り出した。ほどなくして停車し、話し声が聞こえてくる。どうやらフェンスの中に入るようだ。話し声が扉のほうに移動したあと、扉が開く。

　職員は荷台を調べたが、格好だけでほとんど中は見なかった。見て見ぬふりをして金が手に入るのなら、そうするのだろう。

入江を見ると、軽く鼻で嗤った。

「さて、そろそろ動き出すぞ」

トラックが中に入って再び停車すると、二人は外に出た。周りを見渡し、コンテナの陰に隠れながら移動する。監視カメラの場所を教えられ、映り込まないよう細心の注意を払った。

何かあれば、警備員が駆けつける。少しも気を抜けない。

「多分、コンテナの中に監禁されてる。あいつらのやり方は変わらないからな」

こんな形で人を運んでいるのかと思い、汚い連中だと静かに怒りを燃やす。そして、絶対に久白を渡してはいけないと思った。欲深い連中は、久白を人として扱わないだろう。

「どのコンテナだ」

「さぁな。それがわかれば苦労はしない」

中に入れたものの、あの大量のコンテナの中から久白が監禁されているものを捜し出すのは不可能に近い。

赤尾は、途方に暮れた。

「どの船なのかわかるだけよしとしろ」

「そうだな。で、どの船だ？」

入江が顎をしゃくった先にあったのは、中型の貨物船だった。中型といえど、積載されるコンテナの量は想像もつかない。

「あれか……」

茫然と見上げた。船がわかっていてもあの中から久白を捜して救出するのは、かなり難しいとわかる。見つけられないまま、目的地に到着して引き渡されるかもしれない。

貨物船の行き先は、中国だった。いったん海を渡り、そこから陸路で運ばれるらしい。

船に次々とコンテナが積み込まれる。

「あれの中に入るぞ」

促され、目的の船に積み込まれる予定のコンテナが置いてある一画に向かった。

「見つからないようにな」

作業員が向こうを向いている間に、コンテナの間に入り、奥に進む。

「別々に入るぞ。間違いないだろうが、万が一他の船に積み込まれないとも限らない。扉が開かないよう中からちゃんと押さえてろよ」

入江は、コンテナの扉にナイフで印をつけた。鍵が掛かっていたため、ピッキングで開ける。赤尾はその中に押し込まれた。

ほどなくして、入江も隣のコンテナに入ったらしく扉を開閉する音が聞こえる。

今はただ成り行きに任せるしかなく、息を殺してじっとしていた。

どのくらい経っただろうか。隣のコンテナが運ばれる音がした。入江の入っているコンテナだろう。フォークリフトが作業をする音が聞こえてくる。

しばらく待っていると、再びフォークリフトが近づいてくる音がした。ゴン、と振動が伝わってきて、自分の入ったコンテナが持ち上げられたのがわかった。船に積み込まれるようだ。再び衝撃が来て、静かになる。

作業は延々と続いた。作業員の声が外から聞こえ、赤尾のコンテナの上にさらにコンテナが積まれる。かなりの量だ。すべての荷物が積み込まれるまでの間、ただひたすら待つ。汗が額を流れ落ちた。閉め切ったコンテナの中は蒸し暑くて、酸素も薄い気がする。これでは修行僧のようだと思い、久白に同じようなことを言ったなと記憶を蘇らせる。

久白がもうセックスはしたくないと思うなら、一生オアズケでもいい、そのくらいの気持ちはあると言った。

あの時の会話を思い出し、口元を緩めた。

久白を思い出しただけでこんなふうに笑えるなんて、やはり手放せない相手になっているのは間違いない。久白のいない生活なんて、考えられない。

そうやって久白のことを考えながら、時間が過ぎるのをただひたすら待った。外の音が静かになり、ペンライトをつけて時間を確認すると、二時間が過ぎたところだった。

さらに三十分ほど待ったところで、すぐ外で物音がする。もし、乗組員が荷物の確認をするためだったら……、と考え、身を隠した。

扉が開く。

「おい、無事か？」

入江だった。

「ああ。お前も無事でよかった。

「俺はこういうのは慣れてるからな。下のほうでよかったよ」

入江の言葉に扉の外を見ると、赤尾の入ったコンテナは下から三段目に積まれていた。

かなりの高さがある。だが、上を見ると贅沢は言えないと思わされた。もっと上だったら、ここから出るだけでもかなり時間が必要だった。

ロープを使って下まで下り、コンテナの間に身を隠して辺りの様子を窺う。

人の気配はなかった。一度積み込んでしまえば、目的地に着くまで触ることはほとんどないのだろう。

そうしている間に、船が出航した。

「多分、この船は第三甲板まである。下手したら、第四甲板もあるかもしれない」

「かなりの数だな」

入江の説明によると、コンテナは甲板部分の他に、船底にある第二、第三甲板のすべてに積んであるのだという。

客船でないぶん人の目に触れる心配は少ないが、探す対象が多すぎる。

「どうやって探すんだ」

「コンテナを一つ一つチェックしていく」

途方もない作業だ。だが、そうするしかない。

「そんな顔をするな。モールス信号を使う。そうすりゃ、少しは手間が省けるぞ」

「モールス信号？　あいつはわかるのか？」

「ああ」

久白もかつて環境テロ団体にいたのだ。そのくらいの知識があっても、おかしくないのかもしれない。普通の環境ではなかなか覚えることのないそれを、赤尾は教えられた。

「ちゃんと覚えろよ」

リュックの中から出した小さな工具を使い、叩くと擦るでモールス信号の点滅を表す。

何度も繰り返し、頭の中に叩き込んだ。

「覚えたか？」

「ああ、なんとかな」

その時、外国語が聞こえてきて、二人は咄嗟に身を隠した。乗組員だろう。東南アジア系の男が歩いてくる。二人とも同じ作業服を着ている。コンテナに用はなく、ただここを通るだけのようで二人が階段を上がっていくと再び静かになった。

船のエンジンの音が、低く唸(うな)るように響いているだけだ。

「あんまり派手にやるなよ。見つかるとやばい」

「わかってるよ。じゃあ行こうか」

この中から、久白の監禁されているコンテナを探し出す。

大量だが、扉を全部開いて確認しなくてもいいというだけで希望が湧いた。

4

船に侵入して、どのくらいが経っただろう。赤尾たちはコンテナをチェックする作業をひたすら続けていた。

トトトツーツートツートトトツー、トツーツートツーツートトツートト。

乗組員に気づかれないよう、音の大きさに気をつけながら一つ一つ叩いていく。中にいれば、上のほうに積み上げられたコンテナにも音は伝わるだろう。

入江の言うとおり、船は第四甲板まであった。赤尾たちが最初にいたのは第二甲板で、そこは全部調べたが何も見つけられなかった。早くしないと、船が日本からどんどん遠ざかってしまう。

その時、あるコンテナの前にタバコの灰が落ちているのに気づいた。近づいていき、その辺りにあるコンテナを叩いて回る。反応はなく、そう簡単じゃないかと苦笑いする。

しかし、諦（あきら）めかけた時、二メートルほど離れた場所から音がした。耳を澄ませると、トトツーツートトト、と聞こえてくる。もう一度合図を出してみると、また同じリズムで返ってきた。

下から二つ目のコンテナだ。赤尾はすぐに入江を呼び、二人がかりでよじ登ると、もう一度モールス信号を送った。すると、また同じように返ってくる。

「ここだ。ＳＯＳ信号を出してる」

ほとんど足場のないところだ。コンテナにへばりつくような格好で扉に手を伸ばし、鍵を外してなんとか扉を開ける。そして、中に侵入した。

「おい、久白」

「赤尾さん、……海人も」

久白はいた。

中には猛獣用の檻のようなものがあり、その中に監禁されている。

「助けに来たぞ。こんなもんに監禁するなんて、ふざけた野郎だ」

怒りが込み上げてきた。錆びついた鉄の檻。ペットボトルの水が中に置いてあるが、それだけだ。

檻にも鍵が掛かっていた。しかも、久白は手足を縛られていて、首輪もされて鎖で檻に繋がれている。鉄製の首輪だ。そこにも鍵が掛かっていて、簡単には外せそうにない。

本当に商品扱いなのだと、腹立たしくなった。

「鍵が簡易のやつでよかったよ」

入江はそう言って、再びピッキングの道具を取り出した。そして鍵穴にそれを差し込み、外しにかかる。だが、ふと手をとめて久白に言った。

久白はすぐに答えなかったが、入江がじっと睨んでいると観念したように白状した。

「少しだよ」

不機嫌そうな久白は、確かに少し様子がおかしい。アルコールが発情を促すこともあると聞いていた赤尾は、仲介屋が愉しんだのかもしれないなんて思いを抱いた。だが、聞くわけにはいかない。聞いてどうなるものでもない。

「赤尾さん、そんな顔しないでください」

「そんな顔って、どんな顔だ」

慌てて言うと、久白はクスリと笑ってみせる。

「俺が犯されたと思ったんでしょ？　大丈夫です。やられてないですから」

入江がチラリとこちらを見たのがわかり、気を揉んだ赤尾は急に恥ずかしくなった。顔が熱くなる。

「あいつはサディストです。俺が発情してるのを見て、ゲラゲラ笑ってた。勝ち誇ったようにね。そういう奴です。それに、もう随分収まってきたんで平気ですよ」

かなりつらかっただろう。発情だけさせて放置し、それを眺めて愉しむなんてとんだゲス野郎だ。赤尾は、まだ見たことのない男に対する怒りを燃やした。

「よし、開いたぞ」

檻の鍵がようやく開いたようだ。次は首輪だ。だが、その瞬間、真っ暗だった第三甲板の灯りがついた。

開けた扉から外を覗くと、出入り口のところに男が三人立っている。

「今日は客人が来てるようだな」

「——っ！」

顔に傷のある男。仲介屋だ。

咄嗟に入江がコンテナの奥に身を隠す。

「お前か？　仲介屋ってのは」

赤尾は、自分が仲介屋の気を引くことで入江がいることを悟られまいとした。自分が囮になれば、その間に入江が久白を檻から出してくれるだろう。

「ああ、そうだよ。俺が仲介屋だ。あんた、何者だ？　どうしてここがわかった」

どうやら赤尾が久白の働いていた店のオーナーだとは、気づいていないようだ。公安の人間を使って久白の居場所を特定したのなら、顔がばれていなくても当然かもしれない。

「あんたみたいな生業の人間がいるってことは、それを阻止しようとする組織があってもおかしくないってことだ」

「組織？　そんなデタラメを言うな」

「信じないならいい。そのほうが俺も仕事がしやすいからな」

どんなデタラメも堂々とした態度で口にすれば、それなりに真実味も出てくる。

赤尾は、あたかも自分が闇ビジネスに対抗する組織の一員であるかのように振る舞った。

ロープを使って下り、対峙する。

「まぁいい。誰だろうが、俺の邪魔なんてできないからな。せいぜいヒーロー気取りで正義感振りかざせ」

仲介屋が顎をしゃくると、後ろにいた男二人が赤尾に向かってくる。

「ぐ……っ」

いきなり鳩尾(みぞおち)に喰らった。頭突きで反撃する。

「ぐぁ！」

右。すぐに拳を叩き込むが、二人相手だとどうしても一方的になる。何度も殴られ、顎が折れるのではないかと思った。また反撃。

「ぐぅ……っ」

一人床に沈んだ。だが、もう一人の気配が後ろにあることに気づく。

キドニーブロー。あえて受けた。

「ぅ……っく」

跪き、地面に這い蹲って苦痛に顔を歪める。かなり効いた。

「おっと、もうギブアップか。なんだ、たいしたことねぇなぁ」

両脇を抱えられるようにして、立たされる。いつの間にか口の中を切ったようで、血の味がした。

「ふん、こんなところまで忍び込んできたにしては、弱いねぇ、あんた」

赤尾は、嗤う仲介屋を無言で睨んだ。

「丸腰でよくここまで来たな。馬鹿なのか？」

「なんとでも言え」

「組織ってのは、嘘だろう？　もしかして、あれのオトコか？　惚れてんのか？　ここまで追ってきたことは褒めてやる。だが、いつまでそんな強気でいられるかな？」

赤尾は両手に手錠をかけられた。両脇を抱えられたままこの場所から連れ出される。狙いどおり。

今のうちに頼むぞと、心の中で入江に向かってつぶやいた。

甲板の上に出ると、外は真っ暗だった。船の灯りだけで、三百六十度、見渡す限り海だ。大海原が広がっている。海に放り出されたら、生きては戻れない。出航して時間も随分経っている。岸まで泳いで戻ることなど、ほぼ無理だろう。

「お前も売り払ってやってもいいんだぞ。臓器を買い取ってくれる業者がいるからな。でもまぁ、そんな面倒なことはしなくてもたっぷり稼げるもんがあるからな」

「俺をどこに連れていく気だ？」

「ここは海の上だぞ？　想像力がないのか」

クックックックッ、と肩を小さく震わせながら嗤うその表情を見て、この男が何を考えているか察しがついた。久白の話からも、いかにサディスティックな欲望を抱えているかわかっている。金のために臓器を売るよりも、別のことで己の欲を満たすほうにこの男は興味があるようだ。

「あんた、溺死したことある？」

死んだことのある人間などいるはずがないのに、いい性格をしている。自分がこれからどうなるか十分にわからせたあと、海に放り込むつもりだ。恐怖に顔を歪めて許しを乞うのを、待っている。

「どれだけ苦しめば死ねるだろうねぇ」

「……っく、放せっ」

「船長たちにはたっぷり金を払ってあるからな。俺たちがここで何しようが、誰も文句は言わない。見て見ぬふりだ」

さらに引き摺っていかれるが、隙を見て右の男の顔面に肘を当てた。

「ぐ……っ」

怯んだ隙に、体当たりする。男が呻き身を屈めた瞬間、髪を摑んでコンテナに頭を何度も打ちつけた。

「野郎！」

「――ぐぅ……っ！」

右の男の拳を左頬に喰らう。そして銃声。

仲介屋が撃ってきたが、赤尾は自分を殴ってきた男の首に腕を回して咄嗟に盾にした。

呻き声とともに男は崩れ落ちる。間一髪だった。当たったのは胸の辺りだが、骨などに当たらず貫通していれば、赤尾も被弾していたかもしれない。

「やるなぁ！　どこまで頑張れるか見てやるよ！」

また銃声。逃げた。

手錠をかけられたまま、コンテナの間を走り抜ける。追ってくる足音。そして、仲介屋の高笑い。金で買収しているとあって、銃声が響くことなど気にしちゃいない。聞いても誰も駆けつけたりしないだろう。

最初からその条件で金を渡して久白を運ぼうとしたのだ。ここは、無法地帯と思ったほうがいい。

「どこだぁ！　小細工なんかやめて出てきやがれ！」

仲介屋の声が笑っているのがわかる。狩りを愉しんでいるのだ。人間という獲物を狩るのを、心から愉しんでいる。

「はぁ、はぁ、はぁっ」

コンテナの間に隠れ、仲介屋の動きに耳を澄ませた。まるでかくれんぼでもしているかのように、愉しそうに「どこにいるんだ〜？」と言いながらあちらこちらを見て回っているのが聞こえてくる。

「いつまでも逃げてないで、出てこいよ。どうせ逃げられないぞ」

声が近づいてきた。数メートル先だ。

呼吸を整え、チャンスを待つ。三メートル。二メートル。一メートル。

「ぐぁ……っ」

飛びかかり、銃を持つ手を掴んだ。

「くぅ！」

手を掴んだまま手首をコンテナに何度も打ちつける。だが、仲介屋もそう簡単に手放しはしなかった。銃口を向けて撃とうとする。

「ぅう……っ」

上になり、下になり、ギリギリの攻防が続いた。だが、一瞬の隙をついた仲介屋に後ろから羽交い締めにされる。そのまま引き摺っていかれた。

「ほらほらどうした」

ジリジリと自分のほうに向けられる銃口。全身から汗が噴き出した。

その時、久白のことが脳裏をよぎった。

久白を助け出し、また日常に戻りたい。そしてもう一度、久白と一緒に店に立ちたいのだ。強くて、美しくて、イカが大好物なあの男と一緒に普通に暮らす。

ありきたりだが強い願いが、奥底から湧き上がった。

（――畜生！）

何がなんでもそうしてやると思い、必死で腕に力を入れ後頭部を顔面に叩き込む。

「ぐふっ！」

仲介屋が、鼻を押さえながらのけ反った。かなり効いたようだ。指の間から血が滴っている。

飛びかかった。銃を奪おうとして再び揉み合いになり、暴発する。

「ぐぁあっ！」

仲介屋の腹に当たった。彼はそこに手を遣り、自分の手が血で濡れているのを見て唇を歪めて嗤う。立っていられないようで、膝をついて床に崩れた。

「あいつは、お前の金儲けの道具じゃない」

床に転がった銃を拾い、肩で息をしながらそう言い聞かせた。どうせこの男には通じないだろうが、それでも言わずにいられなかった。

仲介屋のポケットを探り、手錠の鍵を探し出すとそれを外した。出血のせいで青ざめているが、鋭い視線で赤尾の一連の動作を黙って見ている。

顔を血塗れにしながらも、まだ人を喰ったような態度は変わらない。

「あいつを追ってるのは……俺だけじゃ、ないぞ……っ、……ぐふ……っ」

口から血を吐きながら、仲介屋はまた嗤った。

「そのうち……また、誰かが……っ、狩りに来る」

それは、まったくのデタラメではないだろう。世の中にどれだけの仲介屋が闇ビジネスを行っているかわからない。欲しがる客がいる限り、そして欲にまみれた金持ちがいる限り、安全は永遠に保証されない。

「赤尾さん……っ」

檻から無事に脱出できたらしく、久白の声が聞こえた。ここだと返事をしようとして振り返った瞬間、いきなり仲介屋に襲いかかられる。

「トドメを刺す前に気ぃ抜いちゃ駄目だろ？」

「——っ！」

躰が浮いたかと思うと、船から突き落とされた。仲介屋も一緒に落ちる。あの状態でまだここまでできるなんて、不覚だった。自分が助からないなら、道連れにする——まさに執念(しゅうねん)だ。

（久白……っ）

落ちていきながら、赤尾は久白のことだけを考えていた。

海の水は、冷たかった。

ゴボゴボ……ッ、と空気が口から漏れ、息が苦しくなる。

海に落ちた時の衝撃も大きく、全身が痛かった。もしかしたら、骨にヒビくらい入っているかもしれない。しかも、動こうにも水の中では抵抗も大きく、服を着たままでは自由が利かないのだ。

（くそ……っ）

どうしようもなかった。

海水は仲介屋の流す血で染まり、どんどん沈んでいく。

道連れにするだなんて死ぬ直前までクズだと思いながら、その可能性を予測できなかった自分に舌打ちしたい気分だった。最後の最後で、気を抜いた。

仲介屋の躰が海の底に沈んでいくのを見ながら最後の力を振り絞るが、体力を消耗（しょうもう）するだけで少しも海面に近づいている気がしない。それどころか、赤尾の躰も海の底に沈んでいっているようだ。

（もう……ダメ、か……）

意識が遠ざかっていく。

そんな中、思い出すのは久白のことだ。

『じゃあ、ペスカトーレ』

最初に交わした言葉を、今も鮮明に覚えている。

死に際には人生が走馬燈（そうまとう）のように浮かぶというが、少し違った。頭に浮かぶのは、久白のことばかりだ。

びしょ濡れで店に現れた久白に、ひと目で惹かれた。だが、神秘的な存在のように感じた赤尾を裏切るように、旺盛な食欲を見せつけてくれた。そこが、よかった。

一緒に暮らしている中で、どんどん惹かれていった。何もかも予想とは違っていて、目が離せなかった。

相手は男だぞ……、と思うが、男どころか普通の存在とは言えない。それでもいい。

久白が何者であろうが、この気持ちが変わることはない。

もう、会えないのか。

死への恐怖よりも、そのほうが赤尾の心を占めていた。折角出会ったのに、ここで別れが来るのか、と……。

できれば、もう少し一緒にいたかった。もっと久白を知りたかった。自分が死ねば、久白はどうするのだろう。入江の話によると、久白たちは一度つがいと認めたら一生添い遂げる。二度と他の誰かを愛することはできない。

遺(のこ)していくつらさに、胸がつかえたようになる。

(冗談じゃねぇぞ！)

意識が遠のきかけていた赤尾は、覚醒した。やはり一人遺すわけにはいかないという強い気持ちに突き動かされるように、もう一度もがく。必死で、無我夢中で海面を目指した。すると、まるでそれを見た神様が救いの手を差し伸べてきたかのように、背後から腕を摑まれる。

「――っ！」

何かの影が視界に入ってきたかと思うと唇を塞がれ、空気が送り込まれた。ゴボゴボ……ッ、と気泡が唇の間から大量に漏れる。

目の前にいたのは、久白だった。再び口を塞がれる。

赤尾は、貪るように酸素を取り込んだ。だが、口移しではうまく酸素が入ってこず、何度も唇を重ねて空気を送ってもらった。

ようやく落ちつくと、冷静に物ごとを考えられるようになる。

赤尾がどうなったのか、見ていないはずだ。呼ばれて返事をする前に、海に落とされたのだから……。

けれども、血だまりを見て何が起きたのか予想したのだろう。そして、こうして助けに来た。

『上に行きます』

指で上を指され、そのまま上昇する。海面を目指す久白の横顔を見ながら、やはり綺麗だなとぼんやり思った。

水中で靡く髪。整った輪郭。心地よさそうな表情。

不思議と心が落ちつく。

見惚れていると、自分に注がれている視線に気づいた久白が赤尾のほうを見た。息が苦しいと思ったのだろう。また口移しで空気を送ってくれる。まだ余裕はあったが、こんな経験は滅多にできないと、されるがまま甘える。

そして、やっと海面が見えてきた。

「――ぷは……っ！　……はぁ……っ！　……はぁ……」

顔を出すと、息を大きく吸う。自由に空気を吸えることが、こんなにもありがたいことだと思ったことはない。

「よかった、赤尾さん。やっぱり海に落ちてたんですね」

「よくわかったな。た、助かったよ」

水を吸った衣服は重く、久白に支えられるようにして立ち泳ぎした。支えがなければ、また暗い海に沈むだろう。

「仲介屋と一緒にいた男が、撃たれて倒れてたんで。もう一人も気を失ってたし、血だまりもあったから」

「ああ、奴は海の底だ。もう二度とお前を追って来ない」

そう言ったが、赤尾の脳裏に仲介屋の言葉が蘇った。

久白を追っているのは、自分だけじゃないと。そのうち誰かがまた狩りに来ると。

けれども、今は考えなくていい。今は、水を差すようなことは言いたくない。

上を見ると、満天の星だった。東京で見る空とはまったく違う。甲板に連れ出された時は星を見る余裕なんてなかったが、こんなに綺麗な夜空が広がっていたとは驚きだ。

「陸から見るのと違うでしょ」

「ああ。お前らは、好きな時にこんな光景が見られるのか？」

「まぁ、どこまでも泳げますから」

本当に不思議な存在だなと、久白を見た。見つめ返され、今度は口移しではないキスをしようと唇を寄せる。

「……ん……っ」

唇を重ねた瞬間、小さく漏れた声に牡を刺激された。久白の頬に手を添え、さらに唇を吸い、深く口づける。

「ぅん……、んんっ、……ぅん……っ、……ぁ……、赤尾、さ……」

唇を離すと、額と額をつけて互いの息遣いを感じた。ほんのりと香るのは、久白の体臭だ。惑わされる。

「助けに来てくれて……ありがとう、ございます、……ぅん……っ」

「お互いさまだ、俺も、溺れる、ところだった」

「んんっ、……本当に、あいつは……、……ぅん……っ」

「……心配するな、海の……、底だ、この目で、沈んでいくのを……見た」

何度キスをしても、足りなかった。やめられない。いとおしいという気持ちが溢れ、自分をとめられそうにない。

赤尾は何度も口づけた。久白があげるくぐもった甘い声は、赤尾の理性を少しずつ溶かしていき、その奥で眠っている本能を目覚めさせる。

「あの……っ、んぅ……、……んっ」

戸惑う声までもが、たまらなく赤尾を滾らせた。

「悪い、嫌なら……」

「いえ……そんなんじゃ……ないんですけど」

濡れ髪の久白の表情も色っぽく、今すぐにでも抱きたい気持ちに駆られた。久白がいいと言うなら、また躰を重ねたいと。

赤尾が求めているのは、その特殊な体質がもたらしてくれる凄絶な快楽ではなく、久白自身だ。相手が久白でないのなら、どんな快楽も味気ないものになってしまう。それだけははっきり言える。

その時、少し離れた海面に、入江が顔を出した。

「お〜い、平気か？」

弾かれたようにそちらを向くと、入江が海面にプカプカ浮いていた。ずっと見ていたのだろう、ニヤリと笑う。

「俺の存在を忘れてただろう？」

ふん、と鼻を鳴らされ、図星だと苦笑いする。

完全に忘れていた。

「いい雰囲気のところ悪いけど、現実的な話していいか？」言って、入江は顎をしゃくった。その先にあるのは、救命ボートだった。八角形をしたグレーのゴム布で作られたそれは、オレンジ色の天幕もついている。ボートというより水に浮かぶテントのようだ。

「拝借してきた」

久白とともに、泳いで近づいていく。中を覗くと、水や医薬品などが入っていた。

「よく見つからずに取ってこられたな」

「ああ、大変だったぞ。船には戻れないからな、これを使うしかない」

入江が船を振り返ると、赤尾もそれに倣う。

水面から甲板の距離はかなりのもので、這い上がるなんて真似は到底できそうになかった。救助を頼んでも、金で買収された船長が素直に船に乗せてくれるとは思えない。

むしろ、自分が賄賂を貰っていたことを隠すために、もう一度海に突き落とすことくらいしそうだ。

「泳いで岸まで運ぶぞ」

サラリと言われ、耳を疑った。久白も当然のように軽く頷いてみせる。

「泳いでって……方向わかるのか？」

「ああ、心配すんな。俺らは普通じゃないからな。ほら、あんたは乗ってくれ。眞人も」

急かされ、久白とともに這い上がった。全身ずぶ濡れで衣服が重い。体温が奪われるのを防ぐために、救命用具の中にあったアルミ製のシートを被った。

海の向こうが明るくなってきて、太陽が昇り始める。

「海人、交代だからな。疲れたら言ってくれ」

「ああ。二人でならなんとかなるさ」

「おい、俺も頭数に入れてくれ。俺も泳ぎは得意だぞ」

いくら二人が特殊な能力を持っていると言っても、自分だけがただ運ばれるというのは気が引ける。

赤尾の気持ちがわかったのだろう、入江は笑いながらこう言った。

「じゃあ、必要な時は言うから、あんたも力を貸してくれ」

「うわ……っ」

次の瞬間、入江が水中に潜ったかと思うとボートが勢いよく前に進み始めた。かなりの勢いだ。どんなに赤尾が泳ぎが得意でも、これほど速くは泳げない。

「俺らに任せといたほうがいいと思いますよ？」

からかうような口調に反論したくなるが、ふとその顔に険しい色が浮かんだのを赤尾は見逃さなかった。周りを見渡し、普段は見ることのない光景を改めて見て、息を呑む。

これからが、過酷なのかもしれない。

夜が明けていくのを見ながら、赤尾は気を緩めるのは早いと悟った。たとえ二人が特別な存在でも、ここから泳いで帰るなんて途方もない話だ。

「大丈夫です。俺たちがちゃんと連れて帰りますから」

まるで自分に言い聞かせるような久白の言葉が、現状の深刻さを物語っている。

そして、そう感じたとおり、日本に戻るのはそう容易なことではなかった。

赤尾が自分の足で地面を踏んだのは、その二日後だ。目を覚ました時は病院のベッドの上で、点滴に管で繋がれていた。

看護師に声をかけられたが、何を言われたのかはよく覚えていない。躰が重く、思考もはっきりしなかった。

救命ボートの上にいたとはいえ、海の上を漂うなんて経験をしたのだ。そうなって当然だ。

そしてまだ頭がちゃんと働かない中、久白を捜した。

病室の椅子で居眠りをしているその姿を見つけた時の安堵感は、忘れない。また、看護師が病室を出ていくのと入れ替わりに飲み物を手にした入江が病室に入ってきたのを見て、気持ちがさらに緩んだ。

お前も無事だったか……、と安心し、もう一度久白に目を遣ったのを覚えている。

そして、寝顔を眺めるだけでこんなに癒されるものだろうかと思いながら、赤尾は再び眠りに落ちたのだった。

赤尾が退院したのは、病院に担ぎ込まれた翌日のことだった。

元々体力があるほうだからか回復は早く、病院を出る頃には普段とまったく変わらない状態で、明日からでも店を再開できると思えるくらいだった。船から落ちた時は全身が痛かったが、骨折もなく、それどころかヒビすら入っていなかった。

臨時休業なんて開店以来初めてで、すぐにでも市場に行って仕入れをしてきたいというくらい、気持ちも充実している。

なぜあんな状態で運び込まれたのかについては、久白たちがうまく説明してくれたようだ。海で泳いでいたところ急に姿が見えなくなったという二人の証言から、離岸流に乗ってしまい、沖に流されたのだろうと言われた。それを聞き、気がつけば急な流れに乗ってどんどん沖に運ばれたと話を合わせたため、何も疑われていない。

乗り捨てた救命ボートは翌日に見つかったと聞いたが、誰も乗っておらず、船が沈没した情報や救命要請もなかったため、弾みで船から落下したものが漂着したのだろうという結論に達したようだ。

あの船で起きたことは、闇の中――。

久白たちが穏やかな日常を送ってくれることを願う赤尾にとって、喜ばしいことだった。

「もう、行くのか？」

「ああ、いつまでもいるわけにはいかないからな」

その日、赤尾は久白とともに入江を見送りに店の外に出ていた。天気はよく、心地いい風が吹いている。立ち去る者を見送るにはいい。だが、あまりにうってつけすぎて、別れの寂しさがより強く感じられた。久白が心配そうな顔をしている。

「なんだ、眞人。辛気臭い顔だな」

その言葉に、久白は何も言わなかった。

入江はもともと環境保護団体にいたのだ。久白に危険が迫ったため助けに来たが、また戻るとなると物騒な世界に再び足を踏み入れることになる。久白も一度はそこにいた身だ。内情を知っているとなれば、当然そんな顔もしたくなるだろう。

しかも、同じ運命を背負った仲間だ。

「本当に行っちまうのか。なんなら、うちで雇ってやってもいいぞ」

本気だった。

そのほうが、久白も喜ぶだろう。だが、入江はまったくそんな気はないらしい。

「ありがたいけど、遠慮するよ。俺らは一緒にいないほうがいい。俺らみたいなのが集まると、目につきやすくなる。バラバラで身を隠すのが一番だ」

その意志は強く、説得する気にはなれなかった。

「また仲間を助けるのか？」

「どうだろうな。できることには限りがある。眞人が組織を出ていったのも、結局それが原因だからな。俺もそろそろ身の振り方を考えるよ」

「だったらなおさら……」

久白はそう言いかけたが、口を噤んだ。入江には入江の人生があると、納得したようだ。

本人がそう決めたのなら口を出さないほうがいいと諦めたらしい。

「また連絡する」

「ああ、俺はいつでも赤尾さんのところにいるから」

「飯喰いたくなったら、ただの客のふりして来い。いつでも旨いもん喰わせてやるよ」

「そうだな。あんた、料理滅茶苦茶うまいよな」

入江は、思い出したように言った。

昨日の夜は、久白も好きなペスカトーレとパエリアを作ったが、二人して旺盛な食欲を披露してくれた。入江もイカが大好物だった。クールな男前だが、イカを前にした時の飢えた獣のような姿はどことなく可愛くて、思い出しただけで笑いが込み上げてくる。料理人としては、美味しそうに食べてくれるのは嬉しいものだ。

また、あんなふうに三人で食卓を囲めたらいいと思う。

「じゃあな。末永く仲良くやってくれ」

入江は軽く手を挙げて歩き出したが、何か思い出したように「あっ」と言って踵(きびす)を返した。久白に何か言い残したことがあったのかと思うが、予想に反して入江が見ているのは赤尾だ。

まっすぐに向かってくる。

「な、なんだ？」

「あれ、覚えてるか？」

「あれ？」

なんのことだと思っていると、入江はそっと耳打ちしてきた。

「満足するまで抱いてやれって言ったことだよ。あいつの発情は、まだ完全に収まってないんだからな」

「！」

思わず、のけ反るように身を離した。ふふん、と意味深に笑ってみせる入江を見て、面白がっているとわかる。

「よ、余計なお世話だ！」

聞かれはしなかったかと久白を見たが、どうやら安心していいようだ。けれども、一度あんなことを耳打ちされると、どうしても意識してしまう。

赤尾の反応に満足したのか、今度は真面目な顔になってこう続ける。

「俺の大事な仲間だ。こいつのことは任せたぞ。頼んだからな」

その言葉には、セックスで満たす以外の意味も含まれていると感じた。目を見れば、わかる。

そういうことならと、赤尾はしっかりと頷いた。

「ああ、任せておけ」

久白につがいと認められた。赤尾も、久白の人生に踏み込む覚悟をした。『擒』になることなど、恐れていない。

赤尾の言葉に安心したのか、入江は「じゃ」と手を軽く挙げながら、まるでまた明日も会うような気軽さで言ってから歩き出した。それを、二人で見送る。入江の背中が見えなくなっても、二人はしばらく国道のほうを見ていた。

「さっきのなんだったんです？」

「ん？　……まぁ、色々だ」

「ずるいな。俺の知らない間に二人で仲良くなっちゃって」

本気で焼き餅を焼いているわけではないとわかっているが、そんな軽口が出ること自体嬉しく、赤尾は目を細めた。

「ねぇ、赤尾さん」

「なんだ？」

「海人も、俺みたいにずっといたい場所ってのを見つけられるんですかね？」

無意識なのか、嬉しいことを言ってくれる。久白がずっといたいと思える場所でありたいと思った。安心して暮らせる場所。そして、傍にいたいと思われる自分。

「どうかな。そう願うだけだよ。あいつがいなくて寂しいか？」

「そうですね。海人は昔からの仲だし、寂しくないって言ったら嘘になりますかね。でも、一緒にいたことのほうが少ないから」

「もう一人で生きなくていいぞ」

その言葉に、久白は嬉しそうな顔で「ありがとうございます」と言った。

久白はしばらく入江が行ってしまったほうを見ていたが、気を取り直したように聞いてくる。

「ところで、これから仕込みするんでしょう？」

「まぁな」

今日の夜から店を開けることにしているため、やらなければならないことは山ほどあった。仕入れは済ませたが、仕込みがまったく手つかずの状態だ。

「手伝いますよ」

「そうしてもらおうか。たっぷりこき使ってやるからな」

「いいですよ。ずっとここに置いてくれるなら、料理も覚えたほうがいいでしょ」

まさか久白の口からそんな言葉が出るとは思っていなかったため、赤尾は一瞬面喰らった。目を合わせ、久白の髪をくしゃっと掻き回す。そして、店に戻ってすぐさま仕込みの作業に入った。

「まずは魚の捌き方だ」

包丁を握り、基本を叩き込むことから始める。

魚介類の下ごしらえをしながら、久白の視線がイカに注がれているのを見てつまみ喰いをさせ、また教える。力仕事は得意だが、包丁捌きはさっぱりで、これは先が思いやられるぞと苦笑いした。

時々入江に言われた言葉が蘇るが、そう簡単に手を出す気にはなれず、けれども久白から漂う発情を思わせるほんのわずかな体臭に惑わされながらも、やるべき仕事を終わらせた。

そうこうしているうちに営業時間になり、外の灯りをつける。すると、すぐにドアのカウベルが鳴った。

「今日は開いてましたね」

入ってきたのは、田端だった。

昨日の夜たまたま店の前を通ったら、定休日でもないのに灯りがついていなかったため、車を停めて店の様子を見に来たらしい。ドアの貼り紙を見て、心配していたようだ。

「臨時休業って、病気でもしてたんですか？」

「ん？　まぁ、ちょっとな」

「へぇ、赤尾さんでも体調崩すんですね」

「そりゃどういう意味だ」

「え、褒めてるんですよ～。精力的っていうか、タフっていうか」

慌ててつけ加える田端を見て笑いながら、久白が水を出す。

「いらっしゃいませ。どうぞ」

「あ、こんばんは、久白さん。今日もイイ男ですね」

「田端さんこそ。この前の彼女とはうまくいってます？」

久白の言葉に田端は、にんまりと笑った。隠したくても隠せないといった様子だ。これでうまくいってないとは言わせない。

「この店気に入ったみたいで、すごく楽しかったって。今度は自分が知ってるお勧めの店に行こうって」

「そりゃ脈ありじゃねぇか」

「へっへっへっ。おかげでいい雰囲気でデートできたし、今日は売り上げに貢献しようと思って」

田端はそう言ってメニューを開き、鶏の赤ワイン煮と海老のアヒージョとビールを注文した。すぐに仕込んでおいたワイン煮込みを温め、スキレットを火にかけてオリーブオイルと鷹の爪、ニンニクを入れて香りを出す。

ニンニクの香ばしい香りが店内に漂い始めると、またドアのカウベルが鳴った。続けて二組。久白が、すぐに席に案内する。

アヒージョが完成して田端に提供する頃には、席の半分が埋まっていた。オーダーがたまっているが、久白が簡単に提供できる前菜の注文を取ってくるため、待ちぼうけを喰う客はいない。

酒の注文も多く、久白がよく動き回っているのが視界の隅に映っている。次々と入ってくる注文を捌いていくが、客足は途絶えず、休む暇はなかった。久白がいなかったら、ここまでうまく回らなかっただろう。

「おっと、すまん」

「いえ」

グラスを引き取って戻ってきた久白とぶつかりそうになり、一瞬鼻を掠めた微かな体臭にドキリとするが、すぐに別の注文が入って気を紛らわせる。

田端が帰る頃になっても客は途絶えずにやってきたが、それも三時間ほどで落ちついた。少しずつ余裕ができてくると、再び入江に言われた言葉が気になり始め、客の席でオーダーを取っている久白をカウンターの中から眺める。

「今日はお客さん多いですね」

カウンター席の客に声をかけられ、我に返った。

「そうですね。いつもはこんなにバタバタしないんですが」

「近くでフェスやってるからかも」

「ああ、そうですか。どうりで若い人が多いと思いましたよ」

　去年のこの時期にも、確かこんなことがあったなと思い出して納得する。今年もやるということは知っていたのに、すっかり忘れていた。それどころじゃなかった。

　改めて自分が経験したことが、どれほど非日常的だったか痛感する。

「赤尾さん、オーダーいいですか？」

「おう、いいぞ」

「鶏のクリーム煮と海老のアヒージョ、追加で」

　久白が、空いた皿を運んでくる。

　すれ違いざまにまた久白の甘く危険な体臭を感じ、赤尾は落ちつかなかった。入江の言うとおり、発情はまだ完全に収まっていないのだろうと思う。普段より少し強く、そして淫靡だ。

　わずかな変化が、なぜ自分にわかるのかいまだに謎だった。

　入江のとはどこか違う。普段と変わった時も、なんとなくわかる。

　あんなふうにいつもどおり接客をしているのに、その実、躰を疼かせているのかもしれない――そんなふうに思うと、男を刺激された。

（あほう、考えるな考えるな。営業時間中だぞ）

　あらぬ妄想をしてしまい、久白に注いでいた視線を無理矢理引き剝がす。そして、久白から漂う甘い体臭に、入江から聞いたことを思い出した。

自分がつがいと認められていると、実感できる。

時間を追うごとに、淫靡になっていく久白の甘い体臭――発情の香りは、強く求められている証だ。想いが同じなら、何を躊躇することがあるだろう。

(今日まで臨時休業にしとくべきだったな)

今さらながらそんなことを考え、どうして自分はこうも間抜けなのだと呆れる。

久白に対する己の気持ちに自信があるなら、欲望を抱いていることを素直にぶつければいい。久白以外の人間とのセックスで快感を得られなくなることに、なんの不安もないのだから……。

そうと決まると、不思議と肚が据わった。


閉店時間が近づいてくる頃、久白は空いたテーブルを拭きながら、あることに気を取られていた。

困っていた。

先ほどから感じる視線に、ずっと困らされていた。

あからさまとまでは言えないが、熱すら感じる視線を注がれると、抑えているものが頭をもたげる。せっかく平常心を装い、いつもどおりに振る舞っているのに、それを台無しにしてしまうのだ。

意図的ではないのもわかるため、対処のしようがない。

（だからそんなに見ないでくださいって……）

視線を感じて振り返ると、目が合う前に逸らされる。

直接本人にも言えず、ずっと耐えているのだが、そろそろ限界だ。今日は客足が途絶えずいつもより忙しかったため助かったが、こうして閉店時間が近づいてきて、落ちついた時間が流れ始めると赤尾のことでいっぱいになる。

久白は、入江に手渡された小さな紙切れをポケットから出した。

『好きなら遠慮するな。自分から襲うくらいしろ』

入江らしい言葉に、そう簡単に言うなと苦笑いする。

たった一度だけ、赤尾とセックスをした。

あの時は、自分の中から湧き上がる気持ちに抗（あらが）えずに行動に出た。そして、一回では収まらずに何度も繋がった。

あれを、一度とカウントしていいものか——。

以前、相手の人間が自分の媚薬の『擒』になるとわかると聞いたことがある。その兆候（ちょうこう）

は感じなかった。だが、もうギリギリかもしれない。あと一回でも躰を繋げてしまえば、赤尾は久白が体内に持つ媚薬の『擒』になってしまうかもしれない。禁断症状はないとはいえ、一度そうなってしまえば他の誰と愛し合っても快感を得られなくなる。二度と後戻りはできない。

一生の相手と、本当に決めさせてしまっていいのか。そして、自分の人生に深く関わらせていいのか。

久白は、赤尾のいるほうを見た。

また見られていたようだったが、今度も視線は合わなかった。躰がジンと熱くなり、無意識とはいえあんなふうに煽ってくるなんて、厄介な人だと思う。

(だから、もっと自分のことを考えてくださいよ)

二組残った客のうちの一組が帰ると、ますます落ちつかなくなる。そして、あと十分ほどで閉店時間という時になって、最後の客が立ち上がった。

レジに向かい、伝票を受け取る。

レジを叩きながら考えるのは、とうとう自分たち以外誰もいなくなってしまうということだ。今までは客がいたため、まだよかった。二人きりになった時のことを考えると、どうしたらいいのかわからなくなる。

金を受け取り、釣りを渡すと頭を下げた。

「ありがとうございました」

四十代くらいの夫婦らしき客が帰っていくと、赤尾に声をかけられる。

「外の看板しまってくれ」

「あ、はい」

看板の灯りを落とし、鍵をかけて戸締まりをした。まだ店のＢＧＭは消しておらず、ガランとした店内に二人きりだということをより強く意識させられる。

その時、ふいに背後に人の気配を感じた。振り返ると赤尾が立っていて、いきなり腕に抱き込まれて唇を奪われる。

「……ぅん……っ、――んんっ」

乱暴なキスだった。

唇をわずかに開いた瞬間、赤尾の舌が侵入してきて口内を蹂躙(じゅうりん)される。まさに犯されるというに相応(ふさわ)しい荒々しさで、無遠慮に舐め回された。

だが、それがこのところずっと疼いていた久白を悦(よろこ)ばせたのは言うまでもない。

（赤尾さん……っ）

若い躰を持て余し、自分の中の媚薬を持て余し、中途半端なままだった。仲介屋に捕まった時は、無理矢理アルコールを摂取させられ、屈したくないあまり自分で処理することすら我慢してプライドだけでなんとか抑え込んだ。

正直なところ限界だった。

服越しとはいえ、こうして赤尾の体温を感じていると、自分がいかに飢えていたのかがよくわかる。

「ぅん、ん……、ぅうん……っ、……ぁ……、……ふ」

唇が離れていくと、つい物足りなくてそこを見てしまう。目が合い、怖いくらい真剣な眼差し(まなざし)に躰がまた熱くなった。赤尾が再び自分の唇を奪いにかかるのを感じ、無言で応じる。

「ぁ……あ……ぅん、んんっ、……はぁ……っ」

一度そうすると、自分をとめられなかった。

無言で貪り合うキスをしながら、自分の中の媚薬が溢れるのを感じた。それを押しとどめようとしても、それは次々と奥のほうから増殖して久白を支配する。

溺れそうだ。

「あの……っ」

戸惑いながら赤尾の躰を押し返し、視線を合わせた。すると、怒ったような表情になっている。なぜそんな顔をするのか不思議に思っていると、赤尾は低く言った。

「お前、俺に黙ってやがったな」

「何を……です？」

「あいつから教わったぞ。お前らは、つがいと認めた相手以外とのセックスは、苦痛なんだろ？　そして一度つがいと認めたら、一生添い遂げるんだろ？」

心臓が跳ねた。

このことは、赤尾には言うまいと思っていた。つがいになるという重みを背負わせて、これからのことを判断して欲しくなかった。責任を感じて欲しくなかった。

けれども、赤尾の表情を見て自分が間違っていたことに気づく。

「それは……」

「あんだけよがって、あんだけやりまくったんだ。お前の心は俺をつがいにしちまったんだろう？　俺じゃねぇともう駄目なんだろうが。それなのに、何が『もう一度だけ考えてくれ』だ。何が『冷静になって一歩下がれ』だ。俺がもし怖じ気づいてお前から手を引くっつったら、お前一生一人で生きるつもりだったのか？」

まくしたてるように言われ、赤尾の怒りが大きいのがわかった。その性格を考えると、当然だと思う。

「怒ってます？」

「ああ、怒ってるよ」

「すみません。赤尾さんの判断を……狂わせたく、なかったんです。俺が二度と他の人を愛せないってわかったら、身を引きたくても引けなくなるかもしれないって」

そう言うと、赤尾は不機嫌そうな顔をした。かなり迫力のある表情だ。

「あほう。いつまでもくだらねぇこと言うな。俺をお前に縛りつけろ。そうしていいんだよ。望むところだ。店を手放す覚悟なんてできねぇがな、護る覚悟はできてる。俺は、店もお前も、お前と過ごす普通の生活も手放すつもりはない」

「赤尾さん……」

強い意志が、目に宿っていた。

久白は、これが赤尾の強さなのだと実感した。そして、自分に欠けているものがあることに気づいて、苦笑いする。思い出したのは、赤尾に言った言葉だ。

『ね？　俺のほうが強いでしょ？』

赤尾に初めて手でイかされたあと、護ってやると言われて咄嗟にそんなことを言った。その気持ちが嬉しくて、だが男として素直に喜んでいいかわからなくて、照れ隠しに訓練された自分の力を見せたのだ。男としての見栄があったのかもしれない。

どこがだ……、と思い、あの言葉は撤回（てっかい）すべきだと反省する。

本当に強いのは、赤尾のような男だ。

同じ覚悟でも、失う覚悟ではなく護る覚悟をする。それが、赤尾の強さだ。

「お前の媚薬の『擒』になるまで、やりまくってやるからな」

「やりまくって……そんな身も蓋もない言い方……」

「大事なこと黙ってやがったんだ。今日は、おしおきしてやる」

脅すように笑う赤尾の色香に、大人の魅力を感じた。同時に、滅茶苦茶に自分を犯して欲しいと願ってしまう。

すると、その気持ちに応えるように、赤尾はすぐに跪いて久白のズボンを下着ごとずらして中心を口に含んだ。

「赤尾さん、……赤尾さ……、……ぁ……っ！」

同時に後ろも責められ、久白は思わず声をあげた。いやらしい動きで硬く閉ざした蕾を拓(ひら)こうとする。溢れる体液が、太股の内側を伝って落ちるのがわかった。それは、膝の内側をくすぐるように撫でる。赤尾を欲しがっている証拠だ。躰がそう証明している。

「ほらみろ、もうこんなに濡れてんだろうが。俺が欲しいならそう言え」

「そういうこと……言うの、やめてくださいよ」

「なんだ、恥ずかしいのか？」

久白は羞恥(しゅうち)に身を焦がした。つい先ほどまで客がいた店内だ。そこで普通に働いていた。それなのに、今はこんなことをしている。その思いが、久白をより昂らせた。

「あぁ……っ、……っく」

あまりの快感に膝が崩れそうになり、テーブルに片手をついて堪えたが、すぐに絶頂がやってくる。

「——ぁ……っ！」

次の瞬間、久白は下半身をぶるぶるっと震わせた。赤尾が喉をゴクリと鳴らしてそれを飲んだのがわかり、恥ずかしさのあまり唇を噛む。全部飲みきれずに唇の間から零れたそれを手の甲で拭う仕草は野性的で、なんて凛々しい獣だろうと見惚れた。だが、視線を合わせられずに赤尾が顔を上げるなり目を逸らす。

「愛してるぞ。ちゃんと、お前のことが好きだからな」言って赤尾は立ち上がり、額と額をつき合わせてくる。そして、久白の中心を握ると自分も前をくつろげた。

「俺もです、……ッは……」

まだ躰の震えが収まらないまま握らされ、その雄々しさにまた興奮する。やんわりと一緒に握り込まれ、上下に擦られて刺激されると、またビクンと躰が跳ねた。

「ぁあ……」

「これがイイのか？　俺も気持ちいいぞ」

「……ぁ……、……待……っ、——あ……」

ポタポタポタ……ッ、と白濁を零してしまい、自分の躰に起きている変化についていけなかった。恥ずかしいのに、堪えきれない。我慢しようとしても、漏らしてしまう。

「……っ、すみませ……、……汚して」

「いい、あとで掃除するよ」

声が嬉しそうだった。なぜ、そんな顔をするのだろうと思う。

「大丈夫か？」

「多分……、……ぁ……あ……」

言ったそばから、白濁がまた先端から零れた。こんなふうにダラダラ零すのは初めてで、どうしたら自分の躰が己の意志に従うのだろうと考えていた。

「どうした？　本当に平気か？」

「いいん、です……、多分……、こういうのが……普通、だと……」

「そうか。気持ちいいとこうなるんだな？」

小さく頷き、自分が汚した床を見ながら観念した。取り繕うなんて、所詮無駄なことだと……。まだ繋がっていない今ですら、ギリギリなのだから。

「あ、赤尾さ……、……もっと……」

欲しくて言葉で催促すると、膝を膝で割られ、屹立をあてがわれる。

「……ぁあ、……欲しい……早く、……欲し、い……」

「俺もだよ」

こめかみに唇を当てられただけで、全身にゾクゾクとする快感が走った。きつく目を閉じて、赤尾が自分の中に押し入ってくるのを味わう。

「はぁ……あ……ぁ、……あぁ……っ、赤尾さ……っ、赤尾さ……、……ぁああっ！」

自分を引き裂く熱に浮かされるように、喘いだ。根元まで深々と収められて唇をわななかせる。

「ぁあ、……奥に……、……赤尾、さんが……、……奥に……っ」

言葉にせずにはいられなかった。

縋りつき、その太さをあますところなく堪能する。

「ぁあ……ぅ……く」

またドクンとなり、白濁を零した。止めどなく溢れてくる欲望に、身を任せていることしかできない。

「俺も気持ちいいよ。お前のが、入ってくる」

「……っ、……俺、の……？」

「ああ、お前の体液が、ここから入ってくる、……はぁ、たまんねぇぞ」

ここというのが屹立の先だとわかるように腰をグッと突き出し、ニヤリと笑う赤尾の表情に心が蕩けたようになった。同時に赤尾が奥深く入ってくるのを感じて、また後ろが熱くなる。

体液が奥から溢れているのがわかる。前も後ろも、自分のものでびしょびしょだ。

「あ……ぁ……、赤尾、さ……」

「二階に行くか？」

「……っ、……は、はい……、――ぁあぅ……っ！」

　繋がったまま抱えられ、久白は苦悶の声をあげた。自分の躰の重みで、より深く咥え込んでしまう。しがみついて楽になろうとするが、ただの苦痛でないのも否定できない。奥に当たるたびに、甘い声を漏らしてしまう。

「少し我慢しろ」

　赤尾が歩くたびに中が擦られ、小さく喘いだ。気づいているようだが、赤尾は敢えて何も言わない。黙って二階に連れていかれる。

　赤尾の部屋に辿り着くなり、ベッドにそのまま押し倒された。膝に手を置かれて脚を大きく広げられると、幾度となく放った自分の中心が濡れそぼっているのがわかった。

　先端がひくりとなり、再びトロトロと溢れる。

「また……、……すみま、せ……」

　凝視してくる熱い視線が、久白にとって何よりも媚薬だということにようやく気がついたのだった。

それからは、二人とも獣のようだった。

脚を大きく開かされ、濡れそぼつ屹立を凝視されながら腰を使われる。赤尾の視線が硬く変化した自分を見ているだけで、久白は躰に火を放たれたようになった。

急速に熟れていく自分を、どうすることもできない。

赤尾の目が自分を捉えているのを感じながら快楽に耽るのは、たまらなくよかった。はしたない姿を見られている――そんな思いにまみれながら、久白もまた、赤尾の躰に視線を注いでいた。

逆三角形の見事な躰。

腰を動かすたびに、筋肉の起伏がくっきりと浮かぶ。芸術的であるのと同時に、動物的でもある。その二つの魅力を兼ね備えた肉体を、視線で貪った。

それを見ていると、自分が欲望の対象になっていることすら悦びに変わる。

「俺の、躰を見て、興奮するのか？」

「……はい」

「俺も、だぞ、……っく」

赤尾はすぐに貪ろうとはせずに、ゆっくりと腰を回した。足りなくて、無意識に締めつけてしまう。自分の欲深さを測られているようでもあり、そう簡単に見せまいと自制心を働かせた。

けれども、それもすぐに限界に達する。

「ぁあ、……ぁ……っふ、……ぅう……ん、……ぅん……ぁ……あ」

やんわりと、そして強く、交互にリズムを変えて奥を突かれて久白は啜り泣いた。

様々な刺激は久白をこの行為に慣れさせせることはなく、まるで初めて味わう快楽のように、新鮮だった。

「あぁ、あ、……ん……っく、……出そ……」

「いいぞ、出せ」

「はっ、あっ、はっ、ぁあっ！」

もう何度目の射精かわからなかった。赤尾に突き上げられるたびに零したため、シーツのあちらこちらが濡れている。自分の放った欲望にまみれながら、また一から愉悦を注がれる。

腰が蕩けて、もう自分の躰すら溶けてなくなっていそうだった。

「赤尾さ……、俺……っ、……どうしたら……」

飢えた躰はより飢え、さらに欲深くなっていくのがわかる。

その時、興奮して体温が上がったのか、赤尾の体臭が強くなった気がした。匂いに触発され、ますます発情する。赤尾の匂いを嗅いでいると、震えるほど感じるのだ。自分の中の媚薬の効果と思っていたが、それだけではない。

その人だけが持つ、その人の匂い。

普通の人間にも、フェロモンはある。

もしかしたら、赤尾の放つ牡のフェロモンが自分にとっての一番の媚薬なのかもしれない――そう思えてきて、この昂りは、自分の中の媚薬ではなく赤尾への想いがもたらしてくれるものだと実感した。

「ああっ、あっ、ああっ、ああっ！」

躰を揺さぶられ、激しい目眩を覚える中で快感だけが大きくなっていく。

「……出る……、……も……、……我慢、できな……」

「いいぞ、……はぁ……っ、全部、何度でも……出していい」

「赤尾さんも……、……赤尾さんも……っ」

「ああ、俺も、もう……、限界だよ、出していいか？」

「来て、くださ……、早く……、……ぁあ……ぁ」

「久白……っ」

耳元で男の喘ぎを聞かされたかと思うと、赤尾が自分の奥で爆ぜたのがわかった。はっきりとした痙攣を感じて、中を濡らされる悦びに久白もまた放つ。

自分の先端から滴が滴っているのを、半ば放心したまま眺めていた。しかし、すぐに繋がったまま体勢を変えて後ろから貫かれ、新たな欲望に襲われる。

「あ……、……っく、……ぅん……、……ぁ……ぁあ……ぁ」

角度を変えただけでこんなにも甘い苦痛が押し寄せるなんてと、久白は目を閉じてそれを味わった。

「こんな小さな尻で……、……壊しちまい、そうだ……」

「あ、あっ、っく、んぁ！」

乱暴にガツガツと自分を喰らう赤尾の激しさに、酔い痴れた。この激しさは気持ちの表れだ。自分もそうだから、わかる。赤尾が好きだからこそ、激しく求めてしまう。

「赤尾さ……」

振り返ると、赤尾は屹立を咥え込んだ蕾を凝視していた。

「お前のここが、あんまりいやらしいから、つい、見てしまうんだよ」

その言葉が、久白を悦ばせたのは言うまでもない。

無意識にこうして煽っていることに、赤尾は気づいているだろうか。

自分の尻が赤尾を深々と咥え込むさまを眺める男の視線もまた、色っぽかった。欲情した牡の表情にそそられ、唇を差し出してキスを乞う。すると、望んでいた以上に深く口づけてくる。

舌を強く吸われて、自分もまた強く吸った。その繰り返し。

「ぁ……ん、……ぅん、ぁ……うん……、ん……ッふ、……んぅ……ん、……んぁあ」

尻をきつく揉みしだかれ、痛いくらい喰い込んでくる指に歓喜した。

赤尾の気持ちが、指先からも伝わってくる。もっと痛くしてくれていいとすら思った。

自分に被虐的（ひぎゃくてき）な一面があったことに驚きつつも、その甘美な悦びは一度味わうと忘れることなどできない。

「はぁっ、あっ、あっ、あっ」

「久白、いいか？」

「……イイッ、……すごく、……イイ……ッ」

尻を突き出して、もっと激しく突いてくれと躰で乞う。

「……俺、は……、俺は……、ど……ですか……？」

「いいに……っ、決まってんだろうがっ、……理性が……っ、ぶっ飛びそうだ」

はぁ、はぁ、と激しい息遣いで腰を使う赤尾は、まさに飢えた獣だった。その荒々しい息遣いを聞いているだけで、情欲を煽られる。

さらに、リズミカルに赤尾の腰が尻を叩く音が、久白の耳を犯した。

パン、パン、パン、パン、とリズミカルに打ちつけられ、自分がまるで折檻（せっかん）でもされているような気持ちになった。

こんなはしたない躰は、こうしてやると……。

「赤尾さ、……もっと、……もっと……ぶって、……ぶって、くださ……っ」

「こうか？」

「ぁあっ！」

パンッ、と大きな手のひらで叩かれ、全身が痺れた。そして、自分の肚の中のものがいっそう熱くなっていくのがわかった。

じわりと細胞を侵していくかのように、それは広がっていく。これまでとは違う。雲泥の差だ。赤尾と繋がることで、媚薬が溢れ出して全身に行き渡るようだった。

肌がより敏感になっていき、赤尾の吐く息が肌を微かに撫でただけでも失神しそうになる。

荒々しい腰使いと己の中から溢れるものに、また絶頂が近づいてくる。そして、これまでと違うものを感じた。

（あ、これ……）

セックスの相手が『擒』になる瞬間はわかると聞いていたが、具体的にどんなふうに感じるのかは知らない。だが、説明などされなくとも感覚でわかった。

赤尾の屹立の形が、まるで久白のためにあつらえたもののように変化している。そのことにより、これまで以上に凄絶な快楽が自分たちを襲ってくるのがわかる。

「は……ぁ……、……ぁあ……ぁ……、ぁあっ、あっ」

「すげぇ、ぞ、……お前の、中……っ、……ッは！　……これまでと、違う……っ」

本当にこのまま続けていいのかと自問したが、赤尾はいいと言った。『擒』になるまでやりまくるとも言った。だから、怖がることはないのだ。

「ぁ、ああ……、イく……、イく、……イく……っ！」

「久白……っ、……っ！」

放った瞬間、赤尾もまた欲望の証を奥で迸らせたのがわかった。こんなに立て続けに射精したことなどなく、這い蹲った格好のまま項垂れる。

「赤尾、さ……、……俺……また……」

「いいんだよ、そんなことは、……気にするな」

「とまらない……です」

「俺もだ」

赤尾が中から出ていくと、白濁がドロリと零れた。

「ぅ……」

何度も咥え込んだ蕾は、これまでになく柔らかくほぐれている。まだ中に赤尾が放ったものがあるが、少しでも力を抜くと零してしまいそうで、身動きができない。

「綺麗だぞ、久白……」

「赤尾、さんも……、……すごく、……色っぽい、です……」

久白の言葉に、赤尾はふと笑った。

「お前も牡だな」

その言葉に、蕩ける。

そして、赤尾の放ったものが自分のとは違うことに気づいた。赤尾の白濁は、自分のより明らかに量が少ない。けれども、白い色が随分と濃い。

赤尾の先端から滴るそれを指で拭って口に運ぶと、独特の匂いがした。喉に絡みつくような、軽い苦さがある。目を閉じ、味わった。

「なんだ、俺のが舐めたかったのか？」

「俺のと……違うなって、思って……」

声が掠れてうまく出なかった。喘ぎすぎて、喉が限界だ。

「それで、どうだった？」

「すごく……変な……、気持ちになります……、もっと……」

そこまで言って、続きを口にするのを躊躇した。もういい加減にしろと自分を宥めようとするが、口から出たのはそんな思いとは真逆のものだった。

「もっとしたいって……気持ちに、なるんです。赤尾さん……、も……いっかい……」

縋りつき、もっとしてくれとねだってしまう。

「いいぞ、……俺も、そうしたかった、ところだ」

「もう……後戻りは、できな……い……、ですよ……？」

切れ切れに息をしながら、なんとかそれだけ言う。

「そうか……、そりゃ光栄だ」

詳しく言わずとも、すべてわかったようだ。久白が持つ媚薬の『擒』になってしまったと、察したらしい。二度と、久白以外の相手とのセックスで快感を得られない。

だが、赤尾は嬉しそうだった。満足げにしている。

そしてその表情は、欲情に濡れていた。屹立は再び力を取り戻し、雄々しさを誇るように滴を滴らせて久白を求めている。

抑えきれぬ欲望をしたためた情熱的な瞳も、それを強く物語っていた。

「一生放さねぇからな」

「それは、こっちの台詞です」

久白は赤尾の目を見て、嚙み締めるようにそう言った。覚悟しろと、伝えたかったのかもしれない。

「あなたは、もう俺のものです。でも、躰だけじゃない。心も、全部、誰にも渡さない」

口にしてみて、初めてわかった。

これまで、赤尾を自分の人生に巻き込むことを恐れていた。赤尾が久白の持つ媚薬の『擒』になることを恐れていた。けれども、今は違う。遠慮なんかしていられないほど、かけがえのない存在になっている。

誰にも渡さない。赤尾が他の誰も欲しいと思わないほど、虜にしてやりたい。

「なぁ、久白。心なんて、とっくだよ。出会った瞬間からな」

その言葉が、心に深く染みた。

一生、放さない。

自分に言い聞かせるように、赤尾も口にした言葉を心の中で反芻する。

それから二人でシャワールームに移動し、自分たちの放ったものを洗い流してどちらからともなく再び行為に及んだ。

まるで海の中で抱き合っているようだった。赤尾は息が苦しくないのかと心配になったが、その必要はないようだ。叩きつける雨の中にいるような姿に見惚れ、なんて色っぽい男なのだろうと思いながら、自分を解放する。

尽きることのない欲望は、海よりも深い悦楽の淵に二人を引き摺り込んで放そうとはしなかった。


夜が明けると、そこには穏やかな日差しがあった。

赤尾は、カーテンの間から漏れる光に目を細めた。今が何時なのかわからず、目覚まし時計を探す。だが近くになく、ここが久白の部屋だと気づいた。赤尾はベッドだが、ここは絨毯の上に布団が敷いてある。

「……さすがに、やりすぎだな」

くたくたで、すぐに起き上がる気にはなれなかった。腰が重く、何度久白の中に欲望を放っただろうと考え、数えていたのは五回までだったと思い、いったいどれだけ行為に耽ったのかと自分でも驚いた。

やはり、久白の持つ媚薬の効果はかなりのものだ。

そんなことをぼんやりと思いながら、隣に目を遣る。

久白は、白い背中をこちらに向けて寝ていた。いとおしくてならない。肩胛骨の出っ張りまでもが美しく見え、触れたいと思った。性的な意味ではない。

いとおしい人には、いつでも触れたいものだ。その存在を感じたい。

「久白、生きてるか?」

赤尾は後ろからゆっくりと抱きついて、うなじに顔を埋めた。欲望を促す抱擁（ほうよう）ではなく、心を満たすものだ。

「んん～、……かろうじて」

返事の声が掠れていて、赤尾は思わず笑った。

こんなふうにしたのは自分だと思い、反省しつつもどこかで喜んでいる。久白がセックスで快感を覚える相手は自分だけだと思うと、特別な存在であると自負できるからだ。

「やりまくって悪かったな」

「それは……俺の、台詞です……」

声を出すのもやっとという久白に、ククク……、と笑う。水を持ってきてやろうかと聞いたが、もう少しこのままでという答えが返ってきて、ぐっと強く抱き締める。

無意識にこういうことを口にするなんて、罪な男だと思う。

「死ぬ、かと……思いました」

「俺もだよ」

「嘘、ばっかり」

「本当だ。やりすぎてひからびそうだ」

「あはは……」

けだるく二人で横になりながら、こんなふうに会話するのは心地好かった。昨夜の荒れ狂う嵐に連れ去られるような凄まじい快楽もいいが、日だまりの中にいるような時間もいい。

腕の中に抱いていても足りなくて、放り出された手に手を重ねた。指を絡ませて強く握り、握り返される。

長く、美しい手だ。適度な筋肉と、適度な太さの骨。赤尾の手のほうが大きいが、この手が美しいだけでないことを赤尾は知っている。

よく働き、時には己に危害を加えようとしている者を殴る。

その美しさは、強さの表れでもあった。強いからこそ、こんなふうに惹かれてしまう。

「飯、どうする？」

「う〜ん、何か食べに行きましょうか。赤尾さんも、作るの億劫（おっくう）でしょ？」

「まぁ、そうだな。今日はさすがに作る気力はないな」

「定休日でよかったですね」

「ああ」

そう言ってまた久白を抱き締め、その匂いを嗅いだ。

ほんのりと漂う『抹香』に似た体臭。

あんなに淫靡だと感じたそれは、今こうして嗅ぐとまた違った。あれほど赤尾の欲望を刺激し、興奮の手助けになったものとは思えない。むしろ奥ゆかしく、どこか爽やかさを感じる。林の中にスッと伸びる一筋の若竹のような潔さ（いさぎよ）さえ感じるのだ。

煩悩（ぼんのう）とは無縁の、凛（りん）とした姿まで想像してしまう。

「もう発情は収まったか？」

聞いていいものか迷ったが、遠慮がちにそう口にした。すると、サラリとこう返ってくる。

「はい。やりまくったんで」

さっきの赤尾の言い回しで返され、変な気を回す必要などないことに気づいた。久白も男だ。そして、自分の意志でこうなった。

「そうか。ならいい。またやりたくなったら言えよ。俺はいつだっていいからな」

「赤尾さんがやりたくなった時も、言っていいですよ」

「そうか？」

窓の外から、海猫の鳴き声が聞こえてきた。遠くに聞く波の音も、この心地好い時間をよりいいものにしてくれる。

「今度、また一緒に潜ろうか」

「そうですね。海は好きです」

「潜ってる時のお前は、綺麗だ。海の生き物を見ている時と同じ気分になれるよ」

言いながら、再び睡魔がゆっくりと降りてくるのを感じた。淡いヴェールに包み込まれるように、眠気が襲ってくる。

久白からもすやすやと安らかな寝息が聞こえてきて、赤尾は再び深い眠りに落ちていった。

エピローグ

海のほうから、冷たい風が吹いていた。

波は穏やかだが、泳ぐ季節はとうに過ぎていて海岸には人気がない。どこか寂しげだが、これもまた味のある風景で、赤尾はこの季節の海も好きだった。

寒々とした世界にも、安らぎはある。

海岸沿いを歩いていた赤尾は、遠くのほうから歩いてくる人影を見て足をとめた。

「赤尾さーん」

久白が、手を振りながらこちらに向かってくる。

海から吹く風に、髪が掻き乱されていた。気持ちよさそうな表情に、久白は本当に海が似合うと思った。ああして歩いているだけで絵になる。

目の前まで来た久白は嬉しそうで、何かいいニュースがあるのだとすぐにわかった。

「どうかしたか？」

「さっき海人から連絡がありました」

「そうだったか。で、なんだって？」

「『ガーディアン環境保護団体』を無事抜けたって言ってました」

早かった。

「そうか。そりゃ朗報だな」

久白と同じ体質を持つ青年のことを思い出し、ようやく一歩を踏み出せたのだなと思った。身の振り方を考えるとは言っていたが、そう簡単なことではない。けれども、意外に早かった。

これからまだ大変だろうが、あの青年もいい理解者を見つけられればいい。

呪われた運命を一緒に背負う覚悟をしてくれる、誰か――。

「これからどうするかわからないって言ってたけど、きっと海人も自分の居場所を見つけますよね」

「ああ。必ずな。そのうちまた店に来るといいな。そん時は旨いもんご馳走してやる」

「来ますよ、きっと」

「メニューにイカ料理でも増やしとくか」

「あははっ、それ賛成」

楽しそうにしている久白が可愛くて、髪をくしゃくしゃにして撫でてやった。そして、二人で並んで歩き、海からの風を全身に浴びる。

上昇気流に乗った海鳥が、遥か上の空に浮かんでいた。鈍色の空に浮かぶ翼を広げた野生の生き物に、力強さを感じた。生きる力が伝わってくる。

それを見ながら、赤尾はこれからのことに思いを馳せた。

また誰かが、久白を狙ってくるかもしれない。その肉体に宿す媚薬を求めて、悪鬼たちが群がってくるかもしれない。そのことにより、この平和な日常を手放すことになるかもしれない。

だが、それでもいい。

その時は、どんなことをしても久白を護ろうと思う。

護れるかどうかわからないし、自分が護られてしまうかもしれないが、それでも久白の傍にい続ける。そう決めている。

「ほら、赤尾さん。あれ」

久白が指差すほうを見ると、雲の間から光が差し込んでいた。

絵画のような光景に、希望はあると言われている気がする。相手がどんなに大きな存在でも、恐れる必要などないと……。

「いい景色」

気持ちよさそうに目を細める久白を見て、目を細めて笑う。

「そうだな。いい景色だ」

海鳥が、鳴いた。

あとがき

こんにちは。もしくははじめまして。中原一也（なかはらかずや）です。

マッコウクジラ受と言い続けて幾星霜（いくせいそう）（大袈裟）。ようやくこのお話を世に出すことができて本当に嬉しいです。

この話を思いついたのは、某出版社でダイオウイカ攻を書かせてもらえるとは〜っ！　とつぶやいたことがきっかけです。ツイッターでダイオウイカ攻のお知らせをした時に「マッコウクジラ受ではありません！」とつぶやいたんですが、その時になんとなくマッコウクジラ受かぁ、と思っていろいろ調べてみました。そしたらなんとまぁ、マッコウクジラの生態ってのがエロスを感じるもの満載ではないですか！

こ、これは使える。

あの時の衝撃。ああ、深海生物とはなんとエロいのでしょう。ダイオウイカもそうでしたが、マッコウクジラもまたなにやら妄想を駆り立てる特徴を持っておりまして、湯水のごとくネタが浮かんで参ります。調べれば調べるほどそそるのですよ、マッコウクジラ。

しかし、いつか絶対書いてやると意気込んだもののクジラ受は読者ウケが……、とあちこちで言われました。（ガ〜ン）

人外は割と人気だそうですが、やっぱり犬、猫、狐などもふもふ系が主流だそうで。確かにもふもふの獣に比べると、クジラって喰いつきが悪そうですよね。

やっぱり駄目なのかと、担当さんのところからすごすごネタを持ち帰る日々。

しかし、そんなに書きたいのかと（おそらく呆れ半分）聞かれまして、ここぞとばかりにマッコウクジラのエロい魅力を熱苦しく訴えましたところ、なるほど中原さんの言いたいことはわかりました、と。

なぬ!? もうちょっと押せばイケるか？

迸（ほとばし）る情熱のまま迷惑も顧みずダメ元でプロットを見てくださいとお願いし、「じゃあ見るだけなら」という感じで受け取って頂いて、まんまとプロットが通ったのでございます。

もちろんそのままというわけではなく、たくさんのアドバイスを頂きましたが。

しかし、おかげでなかなか色っぽい話になったのではないかと自負しております。

どうでしたか？ マッコウクジラの生態のエロさは伝わったでしょうか。私はこの設定はなかなか気に入っております。

強くてエロい受は大好物の一つです。あとおっさんも。（いわずもがな）

そんなわけで、マッコウクジラ受を書かせてくださった担当さんと出版してくださったイースト・プレスさんには感謝してもしきれません。ありがとうございます〜っ！ これからも喰いつきの悪そうなネタはイーストさんに……いや嘘です。いい加減にしろと言われそうなので、次はもうちょっと受け入れられやすいネタにしたいと思います。思っているだけなので、溢れる情熱のまままた変なの持参しない保証はございません。

と、なんでこんなにアホなことばかり書いているかといいますと、今回はあとがきを多めにというご指示が……。あとがきが苦手というか、ネタがない引き籠もりなので。特に冬場は家から一歩も出ないとか当たり前です。

そういえば最近BBCの音楽番組『ジュールズ倶楽部』にあの『Magazine』が出たのですよ！　ファーストアルバムの曲を演奏して「うお～、やっぱかっこええ～」とテンションマックスだったんですが、ヴォーカルのハワード・ディヴォートがムネリンにしか見えなくてムネリンが歌ってる～と変なテンションになりました。（いや、ムネリンもかっこいいですよ）

五行で終わってしまった……。

他になんかネタはないですかね。猫のことならいくらでも話せますけど。

猫といえば、私の行きつけのお店で周りは田圃と山しかないところがあるんですが、そこには野良猫が二匹いついていてオーナーが餌をあげてるんです。避妊手術して耳の先をカットして地域猫として生きてます。（避妊・去勢した野良猫は耳の先をカットして目印にするんです。避妊・去勢済みの野良猫が何度も手術のために捕獲されないようにとのことらしいですが、これ以上増えないから大目に見てね、という意味も）

でも、最近オーナーさんが犬を飼い始めたんですよ。しかも大型犬。野良ちゃんたち大丈夫かなと思っていたら、犬なんてへっちゃらで堂々とご飯食べに来てます。むしろ私たちが先住であんた新入りなんだからね、くらい思ってそうですよね。

しかも野良ちゃんたち、ワンコのブラッシングをしていると自分も当然してもらえるもんと思ってワンコの後ろに並んで待ってるそうです。あははは……。

猫のそういうちゃっかりしたところが好きです。

ちゃっかりと言えば、私が庭に花壇を作った時のことなんですけど、土をふわっふわにして明日から何か植えようと思ってその日の作業は終わり。翌日「さぁ植えるぞ〜!」と意気込んで花壇のところに行ったら野良猫がウンPしてました。笑。

猫ってきれい好きだからトイレにもこだわりがあって、快適な場所を探すんです。そして、敵に見つからないよう砂を上からかけてしっかりと埋めてしまいます。

そうか、土がふわふわで快適だったのか……。そらあんだけ耕したんだしウンPも埋めやすかろう。「お。俺様のトイレが用意されているぞ」なんて思って用を足したりしたんですかね。(いや、それは花壇です)

こんな感じで普段はただただ猫が好きなおばちゃんです。

深海生物も好きです。詳しくはないですけど、深海の生き物は面白いです。リュウグウノツカイとダイオウグソクムシのカップルで一本書きたい気も。

ほら、よくある「醜い僕なんかがあんなに綺麗な人を好きになって……」というパターンのお話ですよ。駄目ですかね？　駄目ですよね。やっぱり駄目ですか？　いや、意外にイケる気がしないでもないんですけど……。どうですか、イーストさん。

あ、逆でもいいですよね。「ああ、なんてたくましいダイオウグソクムシ様。僕みたいなペラッペラの男なんかきっと相手にしてくれない」と密かに想いを寄せるリュウグウノツカイ。リュウグウノツカイが人間の仕掛けた網に絡まって引き揚げられそうになった時、どーん、とその巨体でダイオウグソクムシが突進して網を引き破ります。そしてリュウグウノツカイは無事に逃げられる、と。

「気をつけな」

「あ、ありがとうございます」

「あんまり浮上すんじゃねぇよ。人間に捕まっちまうぞ」

「すみません、気をつけます（目がハート）」

立ち去るダイオウグソクムシをリュウグウノツカイはいつまでも見送るのです。

ダイオウグソクムシが攻ならきっと硬派ですよ～。一昔前の任侠（にんきょう）モノに出てきたようなおっさん攻。ああ、そっちのほうがいい気もしてきました。躰に傷とかあってね。かっこいい～ダイオウグソクムシィ～！

そろそろダイオウグソクムシとリュウグウノツカイの生態について調べるべきですか

ね？（アップしながら）

あ、そうそう。ダイオウグソクムシは海の掃除屋とも言われてるんです。掃除屋……何やらハードボイルドの匂いが……。リュウグウノツカイが殺し屋でダイオウグソクムシが掃除屋という設定でも。どんどん妄想が膨らみます。

ダイオウイカ攻も書いたことだし、深海生物BL作家と言われるようこれから勉強を……と言ってますが、実は宇宙も好きです。わけがわからなくて好きです。ブラックホールとかホワイトホールとかもう意味がわかりません。惑星もいいですよね。

プライドの高い冥王星はそれまで惑星として扱われてきたのに、突然準惑星に格下げとなってしまい、それまでの傲慢な態度が仇となって他の惑星たちに虐げられます。

「ふん、散々準惑星のことを馬鹿にしていたのに、お前もそうだったなんてな」

「……っく」

「自分を惑星と思っていたなんて愚かだよな。惨めな奴だよ。ほら、そこに跪いて俺のを舐めろ」

跪いて奉仕する冥王星。どうして準惑星になったら身を差し出すのかわかりませんが、まぁ細かいことは気にしない。いいんです、萌えられれば。

没落貴族もののようでいいじゃないですか！　次は宇宙ものでいきましょう！

なんだかだんだん収集がつかなくなってきました。そろそろいいですかね。

猫の話と妄想のおかげであとがきが七ページになりました。すごい私。あとがき書けるじゃないか。やればできるんだ！

と、今確認のためにメールを読み返して気づいたんですが、あとがきは四ページでよかったそうです。沢山書きたいなら九ページまで増やすことは可能というだけで。

なんだ、四ページでよかったのか。

戻そうかと思いましたが折角書いたので。そして私がこんなに長いあとがきを書くことなどこの先ないかもしれないのでこのままにします。

それでは、最後に挿絵を描いてくださった小山田(おやまだ)あみ先生。素敵なイラストをありがとうございました。拙(つたな)い作品に華を添えて頂き感謝しております。

そして担当様。こんなネタ拾ってくださりありがとうございます。おかげで存分に妄想を形にすることができました。

最後に読者様。マッコウクジラ受を読んで頂きありがとうございます。そしてこんなあとがきまで。読者様の存在が私の活力です。少しでも楽しんで頂けるよう頑張りますので、この作品を気に入って頂けたらまた私の本を手にとってくださいませ。

中原　一也

Splush文庫

この本を読んでのご意見・ご感想をお待ちしております。

◆ あて先 ◆

〒101-0051

東京都千代田区神田神保町2-4-7 久月神田ビル7階

㈱イースト・プレス　Splush文庫編集部

中原一也先生／小山田あみ先生

淫獣

～媚薬を宿す人魚～

2017年3月30日　第1刷発行

著　者　中原一也（なかはらかずや）

イラスト　小山田あみ（おやまだ）

装　丁　川谷デザイン

編　集　藤川めぐみ

発行人　安本千恵子

発行所　株式会社イースト・プレス
〒101-0051
東京都千代田区神田神保町2-4-7 久月神田ビル
TEL 03-5213-4700　FAX 03-5213-4701

印刷所　中央精版印刷株式会社

ISBN 978-4-7816-8607-3

定価はカバーに表示してあります。